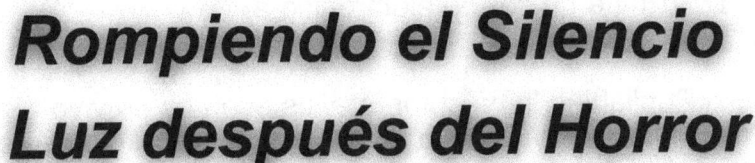

Rompiendo el Silencio
Luz después del Horror

Yanira (Yachi) Sierra

Tabla de Contenido

Dedicatoria

Dedicado a quienes ya no están, pero siguen sosteniéndome desde otra dimensión.

A mi hermana, una de mis almas gemelas en esta tierra. Espectacular, carismática, de corazón noble. Era como mi hija, la pequeña, la querendona de la casa. Compartimos procesos y momentos esenciales de mi vida.

Su ausencia es un vacío que no se llena, y su luz, una que jamás se apaga.

A mi hija, Sofía, que nunca tuvo el privilegio de conocerla porque alguien decidió privarla de la vida, aunque hoy se le parece —en lo alegre, en lo fuerte, en su sonrisa—.

A mi bebé, que aún en el vientre supo lo que es perder y, aun así, me enseñó en tan breve tiempo el peso profundo del amor y lo que significa proteger desde el alma.

Al padre de mi hija, que partió en 2023. Su historia también quedó entrelazada con la mía en aquellos años difíciles, y su ausencia forma parte de este camino de pérdidas. Lo menciono con respeto, porque estuvo presente en procesos esenciales de mi vida y de esta historia.

A quienes han sido traicionados, heridos o han perdido más de lo que podían imaginar y, aun así, siguen respirando.

A los que se levantan con el alma rota. A quienes buscan sentido en medio del caos. A quienes alguna vez confiaron en quien jamás imaginaron que los destruiría… y sobrevivieron al abismo de la traición. A los que se han quedado solos en la oscuridad.

Que estas páginas sean un refugio, una llama, una guía.
Que encuentren aquí consuelo, fuerza y una razón para seguir
creyendo en el amor.

Que mi testimonio les recuerde que, aun con el alma rota, se
puede vivir, amar y brillar otra vez.

Les deseo que todos los que lean estas palabras vibren también
con símbolos de sanación y reconciliación: 9187948181 —
restauración y renacimiento.

"Lo siento. Perdóname. Gracias. Te amo."
---The Ho'oponopono "prayer

Porque Dios y el amor —siempre— serán la respuesta y el
camino hacia el propósito.

Agradecimientos

Quiero expresar mi más profunda gratitud a quienes caminaron conmigo en este proceso de vida y de escritura.

A Sofía,mi hija, quien desde el primer momento me apoyó y me recordó que esta era mi historia, y que debía contarla desde mi verdad. Gracias por animarme a ser valiente, por tu ternura y por tu mirada sabia, incluso siendo tan joven.

Hija, tu talento dio vida a la portada de este libro: ese cuervo que dibujaste con tanto amor, como símbolo del dolor y de la transformación, refleja lo que viví y lo que juntas hemos aprendido.

Tu voz me acompaña cuando dices: "Mami, tu historia es fuerte y dolorosa… el dibujo tiene que representar lo que viviste."

Hija, ¡qué orgullo el mío de ser tu madre!

A mi familia, que sigue siendo raíz y sostén. A mi hermana mayor, por ser parte fundamental de nuestra historia y porque su vida, junto con la de Brenda, completa el tejido de quienes somos. Gracias por su amor y fortaleza, que me recuerdan de dónde vengo y hacia dónde voy.

A mi tribu y a mis amistades, a todas las que me han sostenido con amor y paciencia. A quienes me han acompañado de cerca, y también a las que me han llamado porque sienten mi ausencia, recordándome que me esperan con ansias y que desean que culmine este libro para poder abrazarnos y celebrar juntas. Gracias por ser presencia aun en la distancia.

A mis colegas y compañeros de camino en la profesión legal, que me inspiraron a mantenerme firme en la justicia y en la verdad, incluso cuando mi propia vida se quebraba.

A Lucas, mi gato, que me acompañó con amor silencioso en tantas madrugadas y tardes de escritura. Con su presencia tranquila, acostado a mi lado o rozando mis piernas, me recordó que el cariño también se manifiesta en la compañía más sencilla.

A los lectores que se acercarán a estas páginas: gracias por permitirme abrir mi historia y convertir el dolor en propósito. Mi esperanza es que encuentren aquí fuerza, consuelo y un reflejo de su propia capacidad de levantarse.

A la casa editora, por creer en este proyecto y acompañarme en dar forma a una obra que va más allá de un testimonio: un mensaje de resiliencia y fe en la vida.

Y finalmente —pero no por ser el menos importante, sino por ser el más importante—, a Dios, la luz que me guía, ese misterio que nos sostiene cuando sentimos que todo se ha perdido. Gracias por recordarme, una y otra vez, que aun con el alma rota es posible volver a vivir y brillar, con amor.

Introducción

Este no es un libro cualquiera. No es una novela creada desde la imaginación, sino un testimonio nacido de la herida más profunda de mi vida.

Lo escribo porque callar fue, durante mucho tiempo, mi forma de sobrevivir. Pero entendí que el silencio también mata, y que romperlo es la única manera de devolverle sentido a lo vivido. Aquí encontrará mi historia: la de una mujer, hermana, madre y abogada que conoció el horror más cruel, pero también la capacidad infinita de reconstruirse.

No escribo solo para hablar de mí. Escribo para quienes han sentido el filo de la traición, para quienes han perdido lo irremplazable y han quedado con el alma rota. Escribo para quienes buscan, en medio de la oscuridad, una luz que les recuerde que no están solos.

En estas páginas no encontrará un relato lineal ni perfecto. Encontrará vida real: el amor profundo por mi hermana Brendalí, la traición inimaginable de alguien en quien confiábamos, el dolor de perder a más de un ser amado y el proceso de transformar todo ese horror en propósito.

Este libro es una invitación: a mirar de frente el dolor, a reconocerlo sin miedo y a descubrir que, incluso en la peor oscuridad, puede germinar una semilla de vida nueva.

No pretendo dar recetas. Solo ofrezco mi verdad, con la esperanza de que en ella usted encuentre un reflejo, un consuelo o una chispa para seguir adelante.

Que cada palabra aquí escrita sirva como testimonio de que el amor y la fe —en la vida, en Dios y en nosotros mismos— tienen la fuerza de sostenernos aun cuando sentimos que todo se derrumba.

PARTE I
El Amor y la Hermandad

Brenda y yo, compartiendo sueños y risas en un viaje inolvidable.

Capítulo 1
La Vida Antes del Abismo

Brendalí, Mi Hermana, Mi Alma

Antes del horror, antes de la oscuridad que cambió nuestras vidas, existió un tiempo de luz y esperanza. Este capítulo narra esa etapa sagrada, donde la fe, la hermandad y el amor eran el centro de nuestro mundo... antes de que el abismo nos alcanzara.

Antes del horror, había luz. Una luz cálida, poderosa, que brillaba en medio del caos y me sostenía: ella, mi hermana.

Mi ancla. Mi reflejo.

Esta es la historia de ese tiempo sagrado, cuando aún no sabíamos del monstruo disfrazado ni del golpe brutal que nos arrancaría la inocencia.

Porque antes del abismo existía una fe inquebrantable, una hermandad invencible y una mujer cuyo brillo todavía me guía desde el otro lado. La que brilló con fuerza antes de apagarse con un disparo. La que aún me ilumina desde el otro plano.

"Antes del abismo... existía una fe inquebrantable, una hermandad invencible..."

Hermanas y fe

Brendalí era la menor de tres hermanas. Cuando nuestra hermana mayor se casó y se mudó, nosotras dos permanecimos en casa, aun después de estudiar en la universidad. Esa etapa fue crucial: nuestra relación se fortaleció profundamente porque compartíamos todo, todos los días. Vivíamos juntas, crecíamos juntas y nos apoyábamos mutuamente.

Fue también durante ese tiempo que, por medio de nuestro padre, ambas fuimos introducidas a la religión de la **santería**[1] , aunque habíamos crecido en la Iglesia Católica. Esa nueva dimensión espiritual —que abrazamos con respeto y discreción — nos unió aún más como hermanas, pero también nos obligó a guardar silencios que pocos podían comprender. Esa primera puerta la cruzamos juntas, buscando respuestas y consuelo.

Más adelante, nuestra espiritualidad nos llevó también a la palería, al igual que a nuestro padre. Yo fui iniciada y participé por un tiempo, aunque la maternidad y la lactancia limitaron mi práctica. Brenda, en cambio, mantuvo lazos más firmes en ese espacio. Aquella diferencia, que en su momento no parecía importante, con el tiempo tendría un peso inesperado en nuestras vidas.

Brendalí, la profesional

Brendalí estudió en The University of Massachusetts, Amherst, donde completó un bachillerato en Administración de Empresas con concentración en Finanzas.

Como parte de su carrera profesional como tasadora de bienes raíces y propietaria de su propia empresa —**Brendalí Sierra & Associates**— continuó capacitándose hasta convertirse en la primera mujer en Puerto Rico (PR) en recibir la prestigiosa designación **SRA (Senior Residential Appraiser)** del Appraisal Institute, organización reconocida a nivel mundial.

Presidió también el capítulo de Puerto Rico y el Caribe, y ofreció charlas y seminarios a distintas organizaciones, especialmente sin fines de lucro. Era muy conocida y querida en la industria de la banca, particularmente en los bancos hipotecarios, y su trabajo la llevó a colaborar en muchos países.

"Brendalí era luz, energía y determinación. La menor, la querendona de la casa."

Brendalí, la atleta

Su excelencia no se limitaba al ámbito profesional. Desde pequeña fue una atleta destacada. A los 14 años recién cumplidos representó a Puerto Rico en los Juegos Panamericanos de 1987 en Indianápolis, compitiendo en 400 y 800 metros estilo libre.

Era la nadadora más joven de la delegación, la "mascotita del grupo". Durante su infancia y adolescencia participó en competencias como los CCCAN, los Juegos Centroamericanos y el CISC, clasificando como nadadora élite. Esa pasión por la natación le mereció una beca universitaria, aunque un accidente en el verano de 1991 truncó su carrera deportiva tras fracturarse el hombro.

Aun así, la natación siguió siendo una de sus grandes pasiones.

Nuestra espiritualidad

Nuestros procesos espirituales fueron distintos. Yo era más escéptica al principio, pero en ese camino encontré una paz y una felicidad que no había sentido antes. Ella también era muy feliz. Era una mujer alegre, dada con los demás, y creía —como yo— en vivir sin hacer daño a nadie.

Nuestra espiritualidad se vivía desde un lugar profundo de servicio y respeto. Compartíamos firmemente la creencia de ayudar a otros y de no perjudicar a nadie, ni por acción ni por omisión.

La religión que practicábamos era la santería. No la entendíamos como un sistema para hacer daño —como muchas veces se malinterpreta— sino como una vía espiritual para servir, proteger y guiar. Siempre actuamos desde la luz.

Cada Navidad nos organizábamos para entregar juguetes, ropa y regalos a hogares de niños maltratados y familias en necesidad. No lo hacíamos por reconocimiento, sino porque lo sentíamos en el alma.

"Nuestra fe era parte de nuestra vida cotidiana, no como algo oculto ni prohibido, pero sí como algo que protegíamos de la mirada prejuiciada del mundo."

Aprendizaje mutuo

Fueron muchas las cosas que Brendalí aprendió de mí, pero igual —o más— aprendí yo de ella. Desde muy joven, y hasta hoy, he sentido el llamado de servir. Serví como fiscal a víctimas que me necesitaban para ayudarlas y hacerles justicia. He hecho voluntariado durante toda mi vida. Mi vocación siempre ha sido clara: ayudar, proteger y dar sin esperar nada a cambio. Incluso después de todo lo que viví, no he dejado de servir a quien lo necesita.

Mi hermana Brendalí —aunque muchos la conocían simplemente como Brenda— era luz, energía y determinación. La menor, la querendona de la casa. Para mí era como una hija. Compartimos tanto tiempo, tantas risas, tantos procesos, que quienes nos veían pensaban que éramos gemelas. En realidad, solo le llevaba un año y medio, pero nuestra conexión era profunda e inseparable.

"Para mí era como una hija. Compartimos tanto tiempo, tantas risas, tantos procesos..."

Brendalí tenía frases que se quedaron grabadas en mí y que aún repito, incluso con mi niña. Una de ellas era: "Esto es lo que hay, caballero", que surgió después de que alguien le dijera que no debió separarse de la oficina que tenía con papá. La otra, "Seguimos gozando", la decía aun en momentos de molestia, con esa chispa que la caracterizaba y que siempre nos hacía sonreír.

Apoyo incondicional

Estuvo a mi lado en cada paso importante de mi vida. En el 2003, cuando comencé como fiscal en el Departamento de Justicia, ella fue mi mayor animadora, desde mi nombramiento hasta mi confirmación por el Senado de Puerto Rico. Cuando yo pensaba que no podía más, ahí estaba ella, con una fuerza que sostenía a ambas.

Siempre me decía:

"Yachi, tú puedes. Eres grandiosa y te mereces lo mejor del mundo."

Brenda fue también la única que asistió a mi graduación de la Escuela de Derecho. Ese día, aunque mami ya estaba enferma de Alzheimer, tuvo un momento de lucidez.

Cuando me acerqué a ella y le dije:

"Mami, lo logré, hoy me gradúo como abogada", ella, cobrando claridad por un instante, me respondió con una ternura que jamás olvidaré:

"Siempre lo supe. Tú eres inteligente, te lo dije."

Acto seguido, se desconectó de nuevo y volvió a su estado habitual.

Para mí fue un instante sagrado, un regalo del cielo. Brenda estuvo allí, acompañándome, como en todos los momentos cruciales de mi vida. Ese día confirmé, una vez más, que ella era mi sostén, mi alegría y mi fuerza.

Cuando comencé mi carrera como abogada, fue también ella quien me tendió la mano. Me apoyó económicamente para poder despegar y, cuando adquirí una propiedad en Puerto Rico, fue ella quien la consiguió como parte de un proyecto que le asignaron como tasadora. Incluso me ayudó con el pronto pago. Ese gesto, como tantos otros, reflejaba su naturaleza generosa, solidaria y comprometida con mi bienestar.

No solo eso: Brendalí me regaló mi vestido de novia, los accesorios y muchos otros detalles, siempre con el único propósito de hacerme feliz.

Era aún más que sus títulos. Era carismática, generosa y disciplinada. Vivía sola porque yo ya estaba casada, pero nuestra cercanía era inquebrantable. Cuando mi hija nació, la primera persona que la tomó en sus brazos fue Brendalí. La adoraba. Aún me impresiona cómo mi niña, que apenas tenía un año y dos meses cuando su tía murió, terminó pareciéndose tanto a ella... como si su esencia hubiera quedado sembrada en ella.

> *"El amor verdadero nunca muere, solo se transforma y trasciende"*

Nota al pie
1. **Santería.** Religión de origen afrocubano que mezcla creencias yoruba con el catolicismo. Se basa en la veneración de orishas (deidades o espíritus) y enfatiza la conexión espiritual, el respeto a los ancestros y la práctica de rituales para la protección y la guía espiritual.

Capítulo 2
El Vínculo Sagrado
Cuando la Fe Une y la Oscuridad Acecha

Un sueño premonitorio

Dos años antes de perder a Brenda tuve un sueño que me marcó para siempre. Íbamos de regreso a casa en un avión y me quedé dormida. En la pesadilla, un terremoto sacudía todo y yo me encontraba sobre una plataforma inestable, tratando de mantener el equilibrio.

A mi alrededor, un hoyo se abría en el suelo, y por ese abismo la gente caía, deslizándose sin remedio, con rostros de terror porque sabían que iban a morir. De repente vi a Brenda. Trataba desesperadamente de inclinarme para agarrar su mano y evitar que cayera, pero no lo logré. Su mano se alzó hacia mí, pero no pude alcanzarla. La vi desaparecer en la oscuridad.

Me desperté agitada, llorando desconsoladamente. Mi entonces esposo me consoló, y yo le conté la pesadilla a mi Padrino de religión de la casa religiosa a la que pertenecía en ese momento. Me dijo que no me preocupara, que no le contara nada a Brenda, pues ella creía mucho en estas cosas y no iba a poder dormir tranquila. Seguí su consejo. Pero el peso de ese sueño se quedó conmigo... hasta el día en que entendí que había visto el abismo antes de vivirlo.

Después de una vida entera caminando lado a lado —incluso en lo espiritual— comenzaron a aparecer grietas en ese lazo que creímos inquebrantable. No fue algo repentino ni violento, sino una serie de gestos pequeños, silencios prolongados, cambios que parecían irrelevantes... pero que yo sentía profundamente. Aún no sabía lo que vendría, pero algo en mi alma lo intuía.

Los primeros signos de ruptura

Así comenzaron los problemas entre la casa espiritual —a la cual visitábamos hacía más de diez años— y este señor. Yo escuchaba las historias que Brenda me contaba de lo que, supuestamente, decían esas personas de nosotras. En especial, de mi Padrino de religión, quien es un Babalawo[2] y a quien conocía desde hace tantos años, y en quien confiaba profundamente porque me había ayudado como guía espiritual en muchas situaciones y etapas de mi vida, especialmente la que viví con mi mamá, que no fue nada fácil.

En muchas ocasiones llegué llorando y él me alegraba la vida, al igual que su esposa —quien falleció varios años antes de que todo esto pasara—. De igual manera, la vida era muy feliz, serena, plena y acogedora con su nueva compañera sentimental.

Brenda me decía que estaba loca porque yo conociera a este señor, ya que lo describía como una persona seria y graciosa. Lamentablemente, al haberme convertido en madre recientemente y lactante, y además ser fiscal a la vez, el tiempo me consumía y no podía compartir tanto con Brenda ni con mi casa religiosa.

Definitivamente, él no perdió tiempo y comenzó a llenar en Brenda la necesidad de amor y compañía que todos los seres humanos buscamos y no me refiero al amor romántico. Con su manipulación, logró lo que tanto deseaba: sacar a Brenda de su casa religiosa.

El negocio y la tensión en la casa

Un día, ella llegó llorando por una situación que ocurrió en la casa espiritual anterior, relacionada con algún negocio con nuestro Padrino de religión. Yo desconocía por completo ese asunto y me creó mucha confusión y desconfianza en aquel momento. Además, las pocas veces que me reuní con ellos y con Brenda, podía sentir una tensión en el ambiente que, de alguna manera, confirmaba lo que ella me contaba.

Con el tiempo, comprendí que ellos también fueron víctimas de la manipulación de este señor. Tanto así que lamento mucho que ni ellos ni yo nos hubiéramos reunido para hablar del asunto. Yo simplemente decidí seguir a mi hermana.

Nombres y rostros

A petición de Brenda ya lo había conocido en mi casa religiosa en una ocasión, y él fue muy respetuoso y atento, por lo que decidí seguir con ellos y no cuestionar. En aquel momento era alguien carismático, generoso y con una presencia imponente. Parecía saber mucho de espiritualidad y del alma humana. Tenía respuestas para todo y hablaba con una seguridad que resultaba reconfortante.

Yo lo conocí como José Manuel Rodríguez, y más adelante simplemente como "Manolo". Solo después de la muerte de Brenda me enteré de que también lo llamaban "Manolo el Brujo". Ese detalle fue muy importante para mí, porque mostraba cómo jugaba con distintas identidades según el contexto y cómo nunca se me presentó con el nombre con el que, finalmente, sería conocido en el caso.

El orgullo y el silencio

Al día de hoy, sigo pensando en cómo el **orgullo** nos ganó a todos. Ni yo, ni el Babalawo —que fue nuestro padrino de religión y guía por tantos años—, ni otros hermanos espirituales nos sentamos a aclarar lo que estaba pasando y eso nos costó demasiado.

Yo pienso que un religioso, aunque sea babalawo y tenga un alto prestigio en la religión, debe ser humano y reconocer cuando se equivoca. El único que nunca, ni en el presente, me ha dicho *"lo siento"* o me ha dado **el pésame** ha sido ese Babalawo. **Su deber como líder** no era hacerse de la vista larga ni callar, sino **dar el ejemplo**.

Más aún cuando Brenda y yo nos comportamos como hijas con él. Cuando su esposa murió y la mayoría de la gente se fue de la casa religiosa, nosotras nos quedamos allí con él apoyándolo. Y, aun así, jamás tuvo la humanidad de reconocer lo que pasó ni de acercarse después de la tragedia.

La manipulación final

Con el paso del tiempo, **Manolo** incluso llegó a **mentir** y a **envolver** al Babalawo y al Padrino original de Brenda en la palería[3], oriate en la religion Yoruba, en su propia versión de los hechos sobre el asesinato de Brenda. Fue como si, además de arrebatarnos a mi hermana, quisiera arrastrar a todos en su espiral de **mentiras**. En otras palabras, hasta quienes no vieron o no hicieron nada en su momento, terminaron, de una forma u otra, **salpicados** en su relato.

La ruptura con la casa espiritual fue definitiva. No hubo reconciliación ni conversación alguna. Manolo, con sus historias y manipulaciones, sembró en Brenda la idea de que allí ya no nos querían. Ella lo creyó, y yo, para no perderla, decidí seguir su camino. Fue un corte duro porque en esa casa habíamos crecido espiritualmente por más de diez años, y teníamos lazos profundos con el Babalawo y con muchos hermanos. Pero el orgullo, el silencio y las tensiones hicieron imposible volver atrás.

La ruptura y el rayamiento

El padrino de santería de ambas era el mismo: el Babalawo. En este momento no recuerdo todos los detalles, pero sí sé que Brenda se había rayado (rayamiento es el rito de iniciación del creyente) antes que yo. Creo que fue en esos meses en que yo estaba dando a luz y no la acompañé. Como he dicho, hay recuerdos que mi mente parece haber borrado, lo cual es extraño en mí, porque suelo retener frases y sucesos con lujos de detalles. Brenda misma me pedía a veces que le recordara cosas que ella olvidaba que le habían sucedido con alguien, y yo se las repetía con precisión (¡qué linda!). Pero de aquel tiempo, mi memoria decidió esconder más de lo que quisiera.

A petición de ella conocí a Manolo. Ella me insistió en que me rayara, asegurándome que eso me iba a cambiar la vida. Como mi papá también lo había hecho, terminé aceptando, aunque no con la entrega de Brenda. Yo estaba recién parida, dedicada a la lactancia y a mi bebé, y esa realidad marcó una gran diferencia. Mi entrega fue breve, limitada; ella, en cambio, se entregó de lleno. Desde entonces, Manolo se convirtió en mi padrino, pero con una presencia muy distinta a la que tuvo en la vida de Brenda.

Los problemas comenzaron pronto, aunque por mi embarazo yo no estaba tan pendiente. Una de las situaciones fue que el Padrino de Palería de Brenda, en años anteriores, había mostrado interés hacia ella; incluso salieron a almorzar una vez. Manolo usó ese detalle para desacreditarlo, diciendo que no debía ser su padrino porque había un interés sentimental. Hoy entiendo que su verdadero propósito era sustituirlo y ocupar su lugar, algo que finalmente consiguió.

El día de mi rayamiento o iniciación hubo un conflicto entre Manolo y quien hasta entonces había sido el Padrino de Brenda y de su madre, sobre cómo realizar un proceso. Esa fue la última vez que los vimos. Después, Manolo nos aseguró que en esa casa ya no nos querían y nos convenció de que debíamos irnos. Así fue como nos alejamos definitivamente, y él pasó a ser nuestro padrino en todo: en la santería y en la palería. En mi caso, la relación era distante. Me costaba llamarlo "Padrino" por el poco tiempo de conocerlo, y nunca ejerció sobre mí la manipulación que ejerció sobre Brenda.

Aceptar esa ruptura no me resultó tan difícil, porque en la casa anterior tanto el Padrino de Brenda en la palería como su madre hablaban maravillas de Manolo. Incluso él había estado viviendo en la casa de ambos durante varios meses. Fue solo cuando nos dijo que ya no podíamos regresar a nuestra casa religiosa que él se mudó de allí a otra vivienda. Más tarde supe que Brenda terminó pagándole la renta de esa casa.

Nunca me lo dijeron en vida de Brenda, pero años después, por las investigaciones y los testimonios en las audiencias, me enteré de que Manolo tenía una larga historia con ellos. Lo conocían desde 1999 y, en el 2001, había iniciado al Padrino de Palería de Brenda, quien es hijo de la esposa del Babalawo y quien también era ahijada de Manolo. En algún momento intentó implicar a su propio ahijado en un esquema de cheques y fraude, un asunto que casi lo llevó a prisión.

Por eso, hasta hoy no entiendo por qué nunca nos advirtieron, ni por qué lo recibieron de nuevo con tanta alegría en su casa después de todo aquello. Ese silencio también abrió la puerta para que entrara a nuestras vidas sin resistencia.

Seguir a Brenda

Al verme sin mi hogar religioso, seguí a Brenda. Posteriormente, mi exesposo lo conoció y también le pareció una buena persona. Manolo lo rayó (lo inició en la religión) y lo empezó a incluir en ceremonias y actividades, presentándose como alguien que le daba confianza y pertenencia. Esa estrategia le sirvió para asegurarse de que mi exesposo tampoco dudara de su autoridad, y con el tiempo llega a defenderlo a ciegas, incluso después de la tragedia. Definitivamente, también buscaba ganar poder a través de él.

Brenda y yo buscábamos un nuevo hogar, continuar con lo que nos había hecho felices por mucho tiempo, donde nos sentíamos amadas, protegidas y plenas. Hoy entiendo muchas cosas que en ese momento no veía con claridad. No por maldad, sino porque había mucha confianza y poco cuestionamiento. Para mí, aquello fue más una búsqueda espiritual que una entrega real a una doctrina. Fue un camino breve, confuso y lleno de silencios. Pero, aun así, dejó huella.

La fascinación de Brenda

Ese primer año, todo fue tan rápido como intenso. Conocerlo fue conocer un espacio distinto, uno donde mi hermana se sentía protegida, reconocida y guiada. Ella lo admiraba profundamente. Lo veía como un maestro espiritual, como alguien sabio, como ese padrino que no solo acompañaba en lo ritual, sino en lo cotidiano. Eso, al inicio, fue suficiente para que yo también lo aceptara. No con el mismo fervor, pero sí con respeto.

Brenda era locura con él, y entiendo por qué: supo cómo llegar a su vulnerabilidad inteligentemente desde aquella conversación en la que le habló de su intento de violación. Él era muy parlanchín, era una persona que hablaba mucho de manera continua y del tipo de persona que todo lo sabía y le gustaba opinar de todo, aun sin saber. Brenda ya no tenía casi tiempo conmigo, así que los consejos que antes me pedía a mí, ahora se los daba él.

Yo ya veía menos a Brenda, y el poco tiempo que estábamos juntas no deseaba discutir o pelear con ella por las cosas que no me gustaban, así que evitaba tener controversias por él. A él yo lo respetaba, pero no hacía ni le creía ciegamente todo lo que me dijera, porque en una que otra ocasión me di cuenta de que cambiaba las cosas a su conveniencia.

Señales de alerta

Entiendo que percibí cosas que no me gustaban, pero no les hice caso. Incluso, poco antes de que sucediera lo peor, me enteré de que tenía récord previo; pero él me dijo que había sido por un cheque sin fondos y un fraude en el que, según él, el engañado había sido él por un ahijado de la casa que antes visitábamos.

En aquel momento eso nos confirmaba que lo mejor había sido alejarnos, porque esas personas —las mismas que mencioné en el capítulo anterior y al principio de este— eran quienes hablaban muy bien de él en un principio y estaban muy felices de que hubiera regresado a sus vidas y entrado en la casa religiosa a la que nosotras pertenecíamos. Con el tiempo entendí que esa alegría era parte de la manipulación: se dejaron convencer por su versión, sin indagar más, y así lo recibieron de nuevo.

También, por eso mencioné anteriormente que el orgullo fue un mal consejero en esta historia. Ni ellos buscaron aclarar, ni yo tampoco; el silencio abrió la puerta para que él entrara sin resistencia.

Recuerdo hablar preocupada con Brenda del descubrimiento de sus antecedentes penales, pero ella no le hizo caso porque estaba convencida de la historia que él le había contado. Yo no estaba convencida, pero para evitar situaciones entre nosotras o que se alejara más aún, no insistí con lo mismo.

Si yo le hablaba mal de él a Brenda o lo criticaba en su presencia, ella se molestaba porque lo admiraba y lo quería mucho. Al menos eso me decía, agregando que yo siempre le buscaba "muchas cosas a todo" porque era fiscal.

Curiosamente, si yo iba a su casa, él incluso me daba dinero para que le comprara cosas a mi hija, quien era una bebé. Este tipo de comportamiento propiciaba que Brenda lo admirara más y que yo quedara mal ante sus ojos si me atrevía a criticarlo.

Ante mí él se comportaba distinto y evitaba que coincidiera en su casa con las personas que lo visitaban y que yo no conocía, con el propósito de que yo estuviera tranquila. Precisamente por esta situación nunca le vi la cara a quien fuera su cómplice en tan vil fechoría y, mucho menos, imaginé que sería una persona de tan dudosa reputación, capaz de perpetrar un acto tan violento y desalmado.

Cambios visibles en Brenda

En una ocasión, Brenda me invitó a una fiesta religiosa en una de las casas. En todos mis años en la religión, solo iba a fiestas en casa de mi familia espiritual o a las que ellos nos invitaban y acompañaban. Éramos muy cuidadosas de a dónde íbamos y con quién compartíamos, por muchas razones y, en especial yo, por mi carrera profesional.

Ese día fui, y me sorprendió cómo Brenda trataba a la gente de allí como si la conociera desde hace años. Incluso se tomó fotos que, después de su partida, descubrí que había publicado. Esa conducta era totalmente opuesta a como había sido siempre.

Su comportamiento cambió... ya no había tanta reserva. Él la cambió en muchos aspectos y ella lo permitió y aceptó. Aclaro esto porque todos tenemos responsabilidad y nunca podemos ceder nuestro poder y esencia ante nadie.

Incluso compró una casa meses antes de su asesinato y me lo comunicó cuando ya la había adquirido. Un acto que jamás hubiera ocurrido antes de su aparición en nuestras vidas.

Parecía ser que él la manipulaba para que no me dijera nada, y así lo hacía. Era como si me hubieran cambiado a mi hermana. Precisamente para evitar lo que finalmente sucedió, no hablé y mantuve silencio, pero aun así la perdí...

Decisiones sin mí

De igual manera, cuando Brenda ya había tomado la decisión y había escogido a las personas que la ayudarían, me enteré por Manolo de que Brenda se disponía a consagrar su vida en la ceremonia de hacerse el santo[4] (significa recibir la consagración plena en la religión). Algo que, en el pasado, hubiéramos hablado, consultado y compartido paso a paso, como siempre hacíamos.

Posteriormente, me invitó a su casa para una ceremonia relacionada con esa consagración y para que viera, por primera vez, su nueva vivienda. Algo que jamás hubiera pasado antes, porque, de igual manera, ella me hubiera hablado y pedido mi opinión antes de comprarla.

Cuando llegué, la gente de la casa religiosa estaba en distintos lugares de la vivienda, incluso había niños corriendo y jugando sin supervisión. A mí me dijo que sí, que pasara a verla, pero tampoco nos acompañó —a mi exesposo y a mí— porque andaba afuera, en el patio, compartiendo con su padrino espiritual, Manolo. Al irme, tampoco se despidió, porque estaba muy ocupada.

Estaba muy distinta, y creo que él la manipuló para que se sintiera feliz sin mi apoyo ni consejo. Para mí era como el hijo rebelde que se siente libre porque ya no tiene a mamá para llamarle la atención cuando hace algo incorrecto. Antes de que él entrara en nuestras vidas, yo era una de las personas que más respetaba y escuchaba.

Les mencionó que falta mucho más, pero esto fue parte de cómo comenzó todo y continuó, y son de las memorias más vivas que guardo.

Descubrimientos después de su muerte

Solo después de su muerte entendí hasta dónde llegaba el control de su Padrino Manolo. Brenda había terminado pagando su renta, asumiendo gastos de carro y hasta detalles que nunca me mencionó. También, me enteré de que había realizado rituales extraños que yo jamás habría aprobado, algo impensable en la Brenda de antes. Incluso, hubo quien me dijo que en su casa llegó a usar excremento de caballo en uno de esos rituales.

"Esa no es la Brenda que yo conocía."

Amistades me contaron que, si Brenda salía a algún sitio, él la llamaba de inmediato y ella tenía que irse "a ver a su Padrino". Ya ella no podía estar tranquila ni disfrutar plenamente de su libertad.

El día de su cumpleaños, el 24 de abril de 2011, un amigo me dijo que la encontró llorando porque el Padrino le había regalado unas rosas. Él no entendía el motivo de esas lágrimas, ni yo tampoco. Hoy pienso que, detrás de ese gesto, había algo más que un simple regalo: era una forma de marcar territorio, de recordarle que su vida ya no era completamente suya.

Rompiendo el silencio

Callar fue también una forma de protegerla, de no perderla antes de tiempo. Pero el silencio, a su vez, se convirtió en una cárcel. Una que yo misma me impuse con la esperanza de que las cosas volvieran a ser como antes.

Hoy entiendo que hablar no es traicionar, sino honrar la verdad. Que escribir estas palabras no solo me liberan a mí, sino que también la honran a ella, y quizá ayude a otros a reconocer cuándo el amor se distorsiona, cuando la confianza se usa como cadena.

Por eso, **ya no más silencio.**

Porque cuando alguien en quien confías profundamente —más aún, alguien a quien amas y consideras guía espiritual— apaga la vida de esa persona tan esencial para ti, el mundo entero se desmorona.

Reflexión sobre la fe y la confianza

Brenda sí lo amaba y confiaba profundamente en él. Yo no. Yo lo respetaba, aunque no estaba de acuerdo con algunas cosas que decía. Sin embargo, respetaba la admiración y la confianza que ella le tenía. Conmigo, él se comportaba de manera muy educada y seria. Se mostraba desprendido, considerado y trataba de aparentar ser una persona comprensible, en la que podíamos confiar.

Jamás imaginé que mi hermana, tan precavida, tan fuerte, tan llena de vida... su vida terminaría a manos de alguien que su función como guía era el protegerla. Ese abismo, esa herida profunda, es lo que me ha traído hasta aquí.

Y sí, ella era precavida, observadora y sensible. Pero cuando uno tiene fe, no ve con los ojos: **se cree, se confía y se ama.**

Sé que algunos, en su desconcierto, se preguntaron —y todavía se preguntan— cómo una mujer tan inteligente y capaz como ella pudo dejarse engañar, cómo pudo pertenecer a una religión o comunidad espiritual como esa. Pero esas son cosas que solo se entienden desde adentro.

La inteligencia no anula la fe, ni la fe anula la inteligencia. **Amar, confiar, admirar... eso no es debilidad, es humanidad.** Yo misma, siendo fiscal, no vi venir lo que tenía enfrente. Estar dentro de una situación nubla el juicio que desde afuera parece tan obvio.

Nosotras compartimos esa espiritualidad. Desde jóvenes, hubo alguien muy querido, nuestro padre, que nos habló de ese mundo y nos enseñó a ver más allá de lo tangible, a escuchar la voz del corazón y del espíritu. Y aunque cada una lo vivió a su manera, ese lazo nos unía también en lo invisible. Nunca lo gritamos al mundo, ni lo hablábamos abiertamente, porque sabíamos que no todos lo comprenderían. Sin embargo, ahí estaba: silencioso, profundo y sagrado.

Empatía y lecciones de vida

Por eso debemos aprender a mirar con empatía, a comprender que los procesos de cada ser humano son distintos. No se trata de juzgar, sino de acompañar. Las personas más brillantes, más fuertes, también pueden ser víctimas cuando entregan su fe, su corazón y su confianza a alguien que no lo merece, y terminan permitiendo lo inadmisible e inaceptable.

Hay relaciones que nutren, pero también hay relaciones que matan. Especialmente cuando la espiritualidad se convierte en un terreno fértil para el abuso emocional, económico o psicológico.

Y no, no se trata de atacar la religión. Se trata de entender la importancia de saber a quién le entregamos nuestro corazón. Porque los verdaderos líderes espirituales están llamados a ayudarte a crecer, a florecer y a sacar lo mejor de ti. No están para controlarte ni aprovecharse de ti bajo la sombra de lo divino. Esa distinción puede salvar vidas.

La verdad que libera

En el entramado complejo del amor, la fe y la confianza, aprendí que no todo lo que brilla es luz. Que, a veces, quienes se presentan como guías pueden convertirse en sombras que desdibujan nuestro camino.

Pero también aprendí que la verdad, por dolorosa que sea, libera. Que el amor auténtico no encadena, sino que fortalece y protege. Que honrar la memoria de quienes perdemos es encontrar la fuerza para romper el silencio y sanar.

Este capítulo no es solo una historia de pérdidas, sino una invitación a reconocer cuándo el vínculo sagrado se fractura, para poder reconstruirnos con valentía, luz y esperanza.

Notas al pie

2. **Palería o Palo Monte.** Tradición espiritual afrocubana basada en el vínculo con los ancestros y la naturaleza. Su ceremonia principal es el rayamiento, rito de iniciación del creyente.

3. **Babalawo.** Término de la religión yoruba y de la santería que significa "padre de los secretos". Es un sacerdote de Ifá de alta jerarquía, considerado guía espiritual con profundo conocimiento en adivinación y rituales sagrados.

4. **Hacerse el santo.** Expresión popular en la santería que designa la ceremonia de iniciación mayor, mediante la cual se recibe y consagra el orisha tutelar, marcando la entrada formal en la religión.

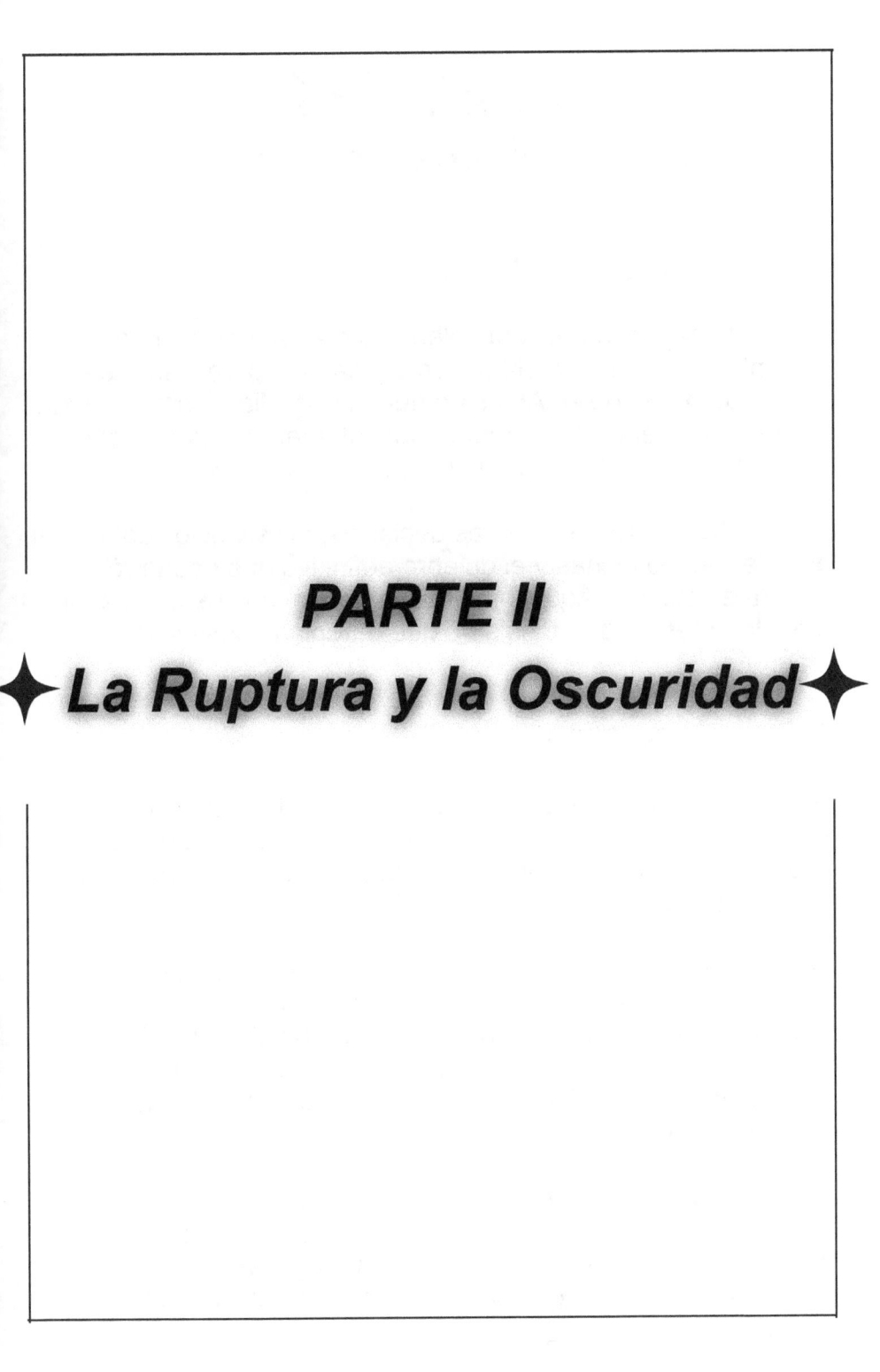

PARTE II
La Ruptura y la Oscuridad

Capítulo 3
La Noche Oscura

La Tormenta Antes del Abismo

En la vida hay momentos que llegan sin avisar, como una tormenta que oscurece el horizonte y cambia para siempre el paisaje de nuestro ser. Antes de que la tragedia tocara a nuestra puerta, hubo señales y sombras que intentamos ignorar, pero que marcaban un camino que no quisiéramos recorrer.

Este capítulo narra esas horas decisivas, los silencios dolorosos, las palabras no dichas y el quiebre definitivo que desgarró nuestra existencia. Aquí comienza la noche más oscura de mi alma: la antesala de un abismo que parecía imposible de superar.

Señales Ignoradas

Antes de recibir aquella llamada que me partiría la vida en dos, hubo muchas señales. Algunas silenciosas, otras dolorosamente evidentes. Ahora, al mirar hacia atrás, todo parece haber estado anunciando lo inevitable.

Para agosto de 2011, apenas un año y unos meses después de que Brendalí conociera a Manolo —y menos de un año desde que nos cambiamos de casa religiosa, en octubre de 2010— decidí bautizar a mi hija Sofía en la religión católica. La religión católica es un sincretismo[5], lo que hacía compatible esta celebración con nuestras creencias espirituales.

Días antes del bautismo, almorcé con Brenda para coordinar detalles, ya que tendríamos un almuerzo familiar después de la ceremonia. Sería un día especial: por primera vez en mucho tiempo volveríamos a compartir con mi padre y su nueva esposa.

Nuestra relación con él se había deteriorado cuando mi madre enfermó. Nos distanciamos tanto que terminé convirtiéndome en la tutora legal de mamá, a pesar de que seguía casada con él. Fue una etapa desgastante, difícil y profundamente dolorosa. En muchos momentos quise renunciar, pero el amor por mi madre y el apoyo de mi primera casa espiritual me sostuvieron. Estuve con ella hasta el final, tomándole la mano mientras exhalaba su último aliento.

Brenda y el padre de mi hija estuvieron presentes aquel día. Esa experiencia nos unió aún más y reforzó nuestro vínculo espiritual. Aquel almuerzo previo al bautismo debía ser parte de una celebración de vida, de unidad.

Durante la conversación, Brenda me compartió que tenía un novio. Me llenó de alegría porque llevaba muchos años sin darse una oportunidad en el amor; su enfoque siempre había estado en su negocio. Pero también me sorprendió que no me lo hubiera contado antes. Era claro que nuestra relación ya no era la misma, y que mi opinión había dejado de ser importante en sus decisiones personales.

Me dijo que llevaban al menos un mes juntos y que ese día lo conocería. Su regalo para Sofía sería el bizcocho, y me explicó que estaba un poco justa de dinero. Al mencionarle lo costoso de los preparativos para hacerse el santo[2], me dijo:

—**Ay, si yo te contara...**

Pero enseguida aclaró que ese día no podía hablar, que lo haríamos con calma en otro momento. Me dejó con una sensación extraña. Noté en su mirada que algo ocurría, pero no quiso entrar en detalles.

Me comentó también que Manolo probablemente no asistiría al bautismo. Recuerdo que le dije:

—Le puedes decir que, si no va, tendrá un problema conmigo, porque si a él le gusta que uno saque tiempo para compartir y asistir a reuniones espirituales, lo menos que espero es reciprocidad.

Ella sonrió con dulzura y asintió:

—Tienes razón.

Distancias y Sombras

Pasaron varios días sin saber de ella. Ahora que escribo esto, noto cómo esa separación fue ocurriendo sin que nos diéramos cuenta.

Llegó el día del bautismo. Manolo apareció, pero solo por cinco minutos. Llegó con una ahijada de la religión, más joven que yo, a quien —alegadamente— le alquilaba un cuarto. Estaba mal vestido, como quien va con la intención de irse rápido. Alegó no sentirse bien, oró frente al Cristo, se mantuvo alejado y se marchó casi de inmediato.

"Parecía una escena de película: entró a la casa de Dios y huyó... mente culpable, quizás, de lo que pronto cometería."

Apenas un mes después, ocurrió el vil asesinato.

Durante la fiesta del bautismo compartí con mi hermana —la de antes, la que conocía antes de que todo cambiara—, quien presentó a su pareja, un hombre que cayó bien a todos. Estaba feliz.

Fue una celebración hermosa: nos reencontramos con papá y su nueva esposa, y también con mi hermana mayor. Éramos las "Charlie's Angels". Sofía recibió amor de todos los presentes. Fue la última reunión familiar con Brenda. Sin saberlo, fue nuestra despedida.

La Ausencia que Anunciaba el Horror

El sábado 3 de septiembre fuimos a la casa espiritual para una reunión. Brenda estaba allí. Me saludó con cariño, pero se veía callada y triste. Fue muy amorosa con Sofía, pero curiosamente Sofía se apartó de ella y vino conmigo. Ya Brenda no visitaba la casa ni compartía con Sofía como antes. Se despidió temprano.

Mi exesposo y yo nos quedamos, a insistencia de Manolo. Para mi sorpresa, él habló mal de Brenda por primera vez. Dijo que estaba triste porque había terminado con su novio y que había estado llorando por él. Sin embargo, mencionó que en parte se alegraba ya que era un hombre que nadie conocía bien, con quien ella se pasaba saliendo y gastando dinero y que la tenía desenfocada.

Se quejó de que Brenda ya no compartía con él detalles importantes, cómo con quién salía, y que eso era peligroso, ya que podría pasarle algo y él no saber cómo ayudarla.

También mencionó que Brenda había despedido a una empleada cercana a él, lo que consideró una gran falta, sobre todo porque esa mujer tenía una hija pequeña. Lo curioso era que esa empleada había sido su exesposa, a quien Brenda había ayudado dándole empleo en su negocio porque necesitaba sostener a su hija y no tenía trabajo.

Años después, esa misma mujer se convertiría en testigo de la defensa. En aquel momento, sin embargo, todo me parecía una simple diferencia administrativa. Hoy sé que era parte de un patrón que yo aún no lograba descifrar.

A su vez, se quejó de que Brenda había contratado a alguien recomendado por él para arreglar las computadoras y el equipo de trabajo, pero luego no quiso pagarle. Además, mencionó que ella se atrevió a tirarse en paracaídas justo antes de la ceremonia del santo, lo cual no debía hacerse, sin haberle consultado.

35

Yo recuerdo que también me enteré por fotos, como me pasó con un viaje que hizo a Perú.

Ese día, él dijo muchas cosas. Entre ellas:

"Te lo digo para que, si algún día en un tambor Changó[6] baja y dice que se la llevó por irrespetuosa, no me reclames como padrino por no haber hecho mi labor o haberte ocultado cómo se comportaba."

Su discurso me dejó helada. Su frustración coincidía con mi dolor silencioso.

Le propuse hablar con ella como hermana mayor, consolarla por lo del novio y aconsejarla. Pero él supo qué decir para evitarlo:

"¿Ha estado pendiente de tu salud en estos meses? ¿A lo difícil que es lactar, a cuidar a tu hija? ¿No viste cómo Sofía se apartó de ella porque casi no la conoce? Pues que ahora ella sane sola, para que aprenda a extrañarte y valorarte."

Dijo que no me preocupara, ya que al día siguiente ella iría a la casa y que él hablaría con ella; que cualquier cosa me informaría.

Aun así, me comuniqué con Brenda el domingo. Me respondió con frialdad, que estaba ocupada. Cuando le reclamé que no tenía tiempo para hablar, me contestó:

"Sé feliz."

Casualmente, esa tarde nos cruzamos brevemente en la carretera, cerca de mi casa. Le escribí para confirmar si era ella; me respondió "sí" y luego desapareció.

Decidí no volver a escribirle. Estaba triste, indignada y sorda a la voz que, durante una entrevista de trabajo como fiscal, me habló en silencio mientras consolaba a una víctima cuyo ser querido había sido asesinado.

En medio de ese dolor ajeno, escuché claramente dentro de mí:

"¿Y qué harías tú si fuera a Brendalí a quien le pasara esto?"

Sentí el cuerpo estremecerse, como si la pregunta hubiera rasgado algo profundo. Pero me negué a permitir que ese pensamiento floreciera. Respondí con firmeza, casi desafiante:

"Eso no le va a pasar a ella."

En mi mente no había un ápice de ese pensamiento; jamás hubiera imaginado que Brendalí encontraría la muerte apenas dos días después.

Días antes de su muerte entendí que aquella hermana que describí al principio ya no era la misma. Sufrí en silencio, intentando convencerme de que no me dolía. Pensé que, cuando quisiera hablar conmigo, yo decidiría si estaría disponible.

Notas al pie

5. **Sincretismo.** En el contexto religioso, se refiere a la fusión o integración de distintas tradiciones espirituales o religiosas. En Puerto Rico y el Caribe, es común la unión de prácticas católicas con la santería o con creencias de origen africano.

6. **Changó.** Uno de los orishas más importantes de la religión yoruba y de la santería. Es deidad del trueno, el rayo, la justicia, la virilidad y la danza. Se le asocia con la fuerza, el poder y la pasión, pero también con la justicia divina.

Capítulo 4
La Llamada, El Quiebre, El Horror

La noche que cambió todo

La tranquilidad que creí haber recuperado tras los últimos días se quebró de manera inesperada. Lo que parecía ser un jueves más en la rutina se transformó en el inicio de la noche más larga de mi vida. **La llamada** que estaba por recibir no solo marcaría el comienzo de un dolor insoportable, sino que también abriría la puerta a una verdad que cambiaría todo para siempre.

Hasta que llegó el jueves 8 de septiembre de 2011.
La llamada. El quiebre. El horror que cambiaría todo.

Comienza el Horror
Ese miércoles estaba en el tribunal de la jurisdicción de San Juan (pueblo en Puerto Rico) trabajando, con un caso de asesinato asignado. Mientras esperaba en la sala, recibí una **llamada de Manolo, el gran padrino.**

Con voz preocupada, me dijo que **Brenda no aparecía**, que no sabía de ella desde el día anterior, que no contestaba los teléfonos —y ella tenía más de uno—. Sugirió que probablemente andaba con ese novio con el que se desaparecía y que se le olvidaban todas las cosas importantes. Me contó que, como parte de su ceremonia de coronación de santo, tendrían una reunión ese día y que Brenda no había aparecido. **Indicó que no era la primera vez que ella se despistaba con su novio**, pero que, si yo me comunicaba con ella, le dejara saber que la estaba buscando.

Aunque no había tenido comunicación con Brenda porque estaba alejada, como mencioné antes, la llamé a ambos teléfonos. Al enviarme directo al buzón de voz, decidí no insistir. Honestamente pensé que estaba ocupada, que había apagado los teléfonos o estaba en algún lugar sin señal.

Al rato, Manolo volvió a llamarme para decirme que un empleado había contactado a la exempleada, la persona con la que él convivió y que Brenda había despedido, para informarles que estaban preocupados porque ella no había llegado a la oficina en todo el día. Ella tenía una cita con una contable a la que nunca llegó. Los números de teléfonos de la oficina estaban transferidos a los números de sus celulares, por lo que nadie podía comunicarse a la oficina directamente y nadie sabía de ella. El alegó que se habían comunicado con esa exempleada para que ella pudiera hablar con Manolo, porque, para mi sorpresa, sus empleados conocían a Manolo, ya que Brenda lo dejaba a cargo de la oficina cuando ella tenía que salir de viaje. Sostuvo que me llamó porque entendía que, al ser yo la hermana mayor y fiscal, debía saber lo que estaba pasando y hacer lo que fuera correspondiente.

Otra persona allegada a Brenda iba camino a su casa para verificar si estaba allí o para encontrar su vehículo y poder hablar con ella. Manolo estaría pendiente y me dijo que lo llamara si necesitaba algo, que recibiría la llamada de la persona que iba de camino a la casa o que me comunicara con ella.

En ese momento, comencé a preocuparme y sentí una profunda inquietud, aunque intenté mantener la calma. Logré comunicarme con la persona que iba a su casa, y me confirmó que Brenda estaba desaparecida. Su vehículo había sido encontrado con un "comforter" en el asiento de atrás, en Bayamón (otro pueblo en Puerto Rico), no muy lejos de donde residía, y estaba en un cuartel municipal con uno de los cristales traseros rotos.

Ella indicó que la puerta del primer nivel de su casa que daba al patio estaba abierta y Brenda no estaba. Expresó que nadie sabía de ella y que no había llegado a la cita con la contable en la mañana.

Mientras la persona me contaba esto, empecé a agitarme. Cuando mencionó que había un **"comforter" en la parte trasera**, grité y comencé a temblar de angustia.

Salí corriendo de la sala en la que estaba.

Por recomendación de un compañero, un a**gente de policía** me llevó en su patrulla al cuartel municipal, que fue el primer lugar que se me ocurrió visitar.

Durante el camino, recibí una llamada de la fiscal de turno que deseaba que fuera a su oficina, pero yo decidí ir al cuartel para evitar quedarme de brazos cruzados. Sabía que no podía intervenir en los procesos para evitar un mal manejo y quién mejor que yo para saber qué podía y qué no podía hacer. Pero ir a sentarme en una oficina sin hacer algo para esclarecer lo que pasaba no era una opción para mí.

Al llegar al cuartel, identifiqué el vehículo. Había sido ocupado y no habían logrado comunicarse con nadie, ya que, como expliqué, los números de teléfonos habían sido transferidos a los de ella y esos estaban apagados. Fue gracias a la persona que fue a buscarla a la casa que se dieron cuenta, en el cuartel, de que ese vehículo pertenecía a alguien que no podían localizar: **Brendalí Sierra.**

No habían **pasado 24 horas** desde que alguien supiera de ella.

En un principio, entró la División de Robos, ya que pensaron que probablemente se trataba de eso. Después, me fui en la patrulla de mi compañero detrás de ellos al lugar donde se encontró el vehículo.

Llegar allí no era agradable: era un lugar escabroso, en la carretera PR-812, en el sector Tío Mito del barrio Dajao, en Bayamón, Puerto Rico.

Al llegar, vi una vela blanca nueva en una cuneta, por lo que deduje que era de ella. El lugar era un espacio grande, rodeado por un barranco, y en la cuneta estaba ese velón.

En ese momento hablé con Manolo por teléfono y le pregunté si él la había enviado a hacer algo de la religión en ese lugar, porque había un velón blanco nuevo. Me contestó que no, que ese velón se lo había dado para que lo encendiera al llegar a la casa ese día, ya que se celebraba el Día de Yemayá[7] y, al siguiente día, el Día de Oshun[8] en la religión.

Me habló en un tono molesto o exaltado. Indicó que le había hecho una limpieza como parte del santo, con una piedra de otán[9], y que su propósito era arrojar la piedra en la bolsita en la manigua (terreno de monte espeso con vegetación densa y enredada, típico de zonas tropicales). No tenía que bajar en ningún sitio y podía ser en cualquier lugar.

Prácticamente no estuve allí, ya que los agentes me pidieron una foto de ella y una del que fuera su novio, por ser el principal sospechoso en ese momento. Algo muy lejos de quien resultaría ser el verdadero responsable.

Me fui a su casa, ya que sabía que la puerta estaba abierta. Al llegar, no percibí nada anormal. Pensaba que, de haber sido raptada, habría sido antes de llegar a su casa, probablemente en la calle o al abrir el portón de seguridad, ya que vivía en un lugar algo solitario y retirado de la carretera principal, una zona tipo campo con poca iluminación.

Era raro que hubiera escogido un lugar como ese para vivir, pero, como comenté, ni me pidió mi opinión, probablemente porque yo le hubiera dicho que lucía peligroso para una mujer que vivía sola y llegaba tarde en la noche, ya que trabajaba mucho y hasta tarde.

41

La realidad es que las pocas personas que sabían lo que estaba pasando me decían que probablemente ella andaba en otro lugar y que no perdiera la fe ni la esperanza.

Cuando llevaba poco tiempo en la casa, me dijeron que regresara porque habían encontrado un cuerpo al final del barranco. Desde el lugar solo veían los pies, un pantalón negro y zapatos negros, y que se necesitaría identificar.

El horror que estaba viviendo aumentó. Mi corazón se hizo pequeño y hasta lloré un poco; la esperanza se reducía, pero, con lo que pasé, aprendí que es muy cierto que la fe y la esperanza son lo último que se pierde.

Desde ese momento hasta que identificaron el cuerpo, mantuve viva esa fe y esperanza, y eso me dio fortaleza para no desmoronarme y seguir hasta el final.

La Espera Insoportable

Estaba en el cuartel esperando a que llegara el **Instituto de Ciencias Forenses (ICF)** a la escena, junto a otros. Mi plan era llegar más tarde para evitar intervenir en la escena.

El papá de mi nena se comunicó conmigo. Me dijo que estaba con Manolo y que este le había contado que tuvo una especie de visión sobre **"cuando la sangre llega al río"** y que eso podría significar que Brenda estaba gravemente herida. Le sugirió que sería bueno llamar a diferentes hospitales para verificar si la habían recibido, tarea que él mismo estaba haciendo.

Yo le pedí que no trajera a la niña al cuartel; quería protegerla. Le dije que me encargaría de identificar el cuerpo. Él insistió en que era mejor que estuviéramos juntos, pero yo entendía que mantener a mi hija lejos de todo eso era lo mejor.

Aun así, se apareció en el cuartel con otra persona y, sin mediar palabra, me entregó a mi hija en su coche. Me dio un beso y un abrazo apretado, y me dijo:

—**Yo voy a identificar ese cuerpo y no quiero que me digas que no. No quiero que la última memoria que tengas de tu hermana, si fuera ella, sea estando muerta, porque sé cuánto la amas. Déjame a mí.**

Sin darme tiempo a protestar, se montó en otro carro y se fue a la escena. No me dio tiempo a más. Aunque quería estar allí, sentí que tenía toda la razón, y que la compañía de mi hija me daría fortaleza para aguantar todo lo que se avecinaba si la identificación resultaba positiva.

La Llamada del Padrino

Manolo me llamó mientras estaba en el cuartel esperando. Fue una llamada para brindarme apoyo. Lo más que recuerdo de esa llamada fue que le dije:

"Padrino, ¿qué voy a hacer si Brenda efectivamente está muerta? No sé si pueda vivir sin ella."

Él respondió:
"Mi ahijada, la entiendo, pero usted tiene a su hija que es muy pequeña y que la necesita, así que no se me puede caer."

Hubo un silencio. A mí se me volvieron a aguar los ojos, pero disimulé porque no quería que mi hija no me viera llorando.

Mi hija, que solo tenía un año, estuvo en el cuartel jugando, sin imaginar todo lo que su mamá y papá estaban viviendo, ni lo que pasaría.

Antes de colgar, Manolo me indicó que, no importaba la hora a la que terminara todo ese proceso, que pasáramos a su casa para hablar. Este interés lo encontré muy normal en ese momento, ya que él era su padrino de religión.

Ese día viví las horas más largas de mi vida. En ese cuartel, la espera era insoportable. Mientras estaba allí, reía con mi hija, lloraba un poco de vez en cuando, pero muy poco, porque tenía fe de que no fuera ella.

Se tardaron horas, especialmente porque el cuerpo estaba a más de 40 pies del nivel de la carretera. Después advine en conocimiento de que el agente asignado al caso y otros agentes tuvieron que utilizar soga para bajar al lugar en el que apareció el cuerpo de ella y subirlo, ya que los familiares no suelen pasar a identificar en lugares así de peligrosos.

Recibí mensajes de texto de amistades en común preguntando qué pasaba. Las noticias adelantaron que posiblemente ese era el cuerpo de la hermana de la fiscal.

Finalmente, llegó el mensaje aterrador y desgarrante que aumentó el horror que estaba viviendo. El **papá de mi nena** no tuvo la voluntad para llamarme; me escribió un mensaje de texto que recuerdo como si lo estuviera leyendo todavía hoy: **"Positive ID, I'm so sorry."**

Ahí se me fue el mundo, pero mi hija me dio la fortaleza para no morir, para no perder la noción y no enajenarme de lo que estaba pasando.

Al rato, el papá de mi nena llegó al cuartel. Me abrazó fuertemente y volvió a repetir que lo lamentaba mucho. Su cara lucía desencajada, y pude notar que la tarea de la identificación había sido desgarradora.

También, el camión del **ICF** llegó al lugar, ya que necesitaban ir a la casa de Brenda para incluirla como parte de la escena e investigación. Fue muy doloroso ver a **agentes del ICF**, con quienes compartí muchas escenas y mucho tiempo, estar allí. Pero en esta ocasión yo era **víctima y no fiscal**. Nunca olvidaré las caras de algunos de ellos cuando me saludaron y me dieron el pésame. Podía ver en sus miradas y rostros la pena que sentían por lo que me estaba pasando y por la ironía de estar presente como perjudicada.

También sucedió con compañeros fiscales presentes en este proceso, quienes se comportaron de manera **solidaria y especial**. Nadie podía creer lo que estaba sucediendo.

El Horror en Casa

Al llegar a la casa de Brenda, el ICF hizo su trabajo y examinó toda la vivienda. Había una luz encendida afuera, por lo que intentamos verificar con los vecinos más cercanos.

Ella vivía en un lugar donde las casas estaban bien separadas unas de otras, porque los terrenos eran grandes. Queríamos saber si la habían visto salir, si la luz había estado siempre encendida, o si habían notado algo extraño.

Era una pesadilla.

El agente de homicidios me dijo que quería entrevistarme preliminarmente. No lo había visto antes ni conocía. Cuando me preguntó de dónde había salido **Brenda la ultima vez que la vieron con vida,** le dije que de la casa de **José Manuel Rodríguez**, quien era un amigo de la familia —y con "familia" me refería a nosotras dos y mi esposo—.

No quería que la prensa supiera que era santero, por lo criticada y secreta que es la religión, y porque yo también la practicaba. No es fácil creer en algo que la mayoría esconde para no ser juzgada y criticada. Nos gusta mucho juzgar y señalar sin conocer, sin intentar ponernos en los zapatos de los demás y ser empáticos.

Siempre está la típica pregunta:
"¿A quién se le ocurre confiar en alguien así?"

Pues es la **fe**, la misma fe que me mantuvo en pie, porque todavía quedaba esperanza de que aquel cuerpo no fuera el de ella.

El Padrino en la Investigación

El agente me miró a los ojos y me preguntó si Manolo era su padrino de religión. Yo le contesté que sí. En mi mirada entendió por qué no lo mencioné antes. También me dijo que no me preocupara, que comprendía lo delicado del asunto.

Comentó que al entrar a la casa vio que Brenda tenía un altar con los santos.

Quedamos en estar en comunicación para una futura entrevista. Me informó que irían en los próximos días a la oficina de Brenda para incautar toda la evidencia pertinente a la investigación. Comentó que sería un proceso extenso y que, en ese momento, todo el mundo era sospechoso.

La verdad, esto fue un horror que comenzó a las **dos de la tarde con la llamada y terminó a las 2 y pico de la madrugada** con la investigación en la casa de Brenda. A esa hora, su asesino nos pidió que pasáramos por la casa para hablar con calma y consolarnos, en especial a mí que era la hermana.

Llegamos a su casa y, al verlo, **me desplomé y caí frente a sus pies**, donde comencé a llorar, desolada y sin consuelo, sin parar por primera vez en todo ese tiempo.

El malvado asesino y autor de tan vil acto me pasaba las manos por la cabeza indicándome:
"Llore mi ahijada y sáquese ese gran dolor del alma."

Allí estuvimos hablando de todo lo relacionado, y él no perdió la oportunidad de sembrar la duda, diciendo que pudo estar relacionado a una persona de un caso importante y peligroso que yo estaba atendiendo —caso del que me tuve que inhibir en el futuro—.

Su maldad era tanta que pretendía que yo cargara con esa culpa para despistar lo que él hizo.

Lo más irónico de toda esa noche fue que le di las gracias en dos ocasiones sin saber. Le dije que le agradecía a la persona que cometió ese terrible acto el que hubiera dejado su vehiculo allí, porque si no, nunca la hubiéramos encontrado y vivir sin ver el cuerpo hubiera sido una mayor tortura.

Además, agradecí que **solo fue un disparo** y que no la hicieron sufrir.

A lo que él respondió:
"Eso es así. Con ese disparo se le fundió y apagó la vida de una sola vez, sin sufrir."

Su macabro plan era obtener la mayor información posible de lo sucedido, de nosotros que estuvimos allí. Esto terminó de madrugada, hasta que **nos fuimos:** cansados, doloridos, pero con la certeza de que había comenzado una lucha por justicia.

El horror no llegó solo: vino acompañado de **silencios, dudas y falsas apariencias**. En medio de la oscuridad, **la fe y la esperanza se convirtieron en las únicas luces** que me mantuvieron en pie, aunque el dolor pareciera infinito.

La verdad que rompió mi mundo también despertó en mí una **lucha feroz por justicia y memoria**, una lucha que aún hoy continúa.

Este capítulo cierra con la certeza de que, aunque la noche sea profunda, **la fuerza del amor y la verdad siempre encuentran su camino para brillar.**

Aún no sabía que aquella llamada no era el final del horror, sino apenas la primera grieta por donde se filtraría una verdad capaz de romperme por dentro.

Notas al pie

7. **Día de Yemayá** — festividad dedicada a Yemayá, orisha del mar y madre de todos, muy celebrada en la santería.

8. **Día de Oshun** — celebración en honor a Oshun, orisha del amor, la fertilidad y los ríos, muy venerada en la santería y otras religiones afrocubanas.

9. **Piedra de otán** — piedra sagrada utilizada en rituales de santería para limpiar energías negativas y proteger; suele provenir de ríos o manantiales.

Capítulo 5
Entre Duelo y Sombras

Cuando la ausencia revela la verdad oculta y las sombras se muestran sin aviso

Hay momentos en la vida que parecen detenerse, donde el tiempo se rompe y el dolor se filtra en cada rincón. La muerte de un ser querido abre puertas a un abismo silencioso, donde la fragilidad humana se encuentra con la crudeza de la realidad, y las sombras de quienes nos rodean revelan sus verdaderas intenciones. Este capítulo narra esos días donde la pérdida se mezcló con la manipulación, donde la memoria y la fe intentaron sostenerme mientras el mundo se desmoronaba a nuestro alrededor.

La llegada al abismo: identificando la ausencia

Al día siguiente tuvimos que ir a identificar el cuerpo y recoger sus pertenencias. Para evitar a la prensa, tuvimos que entrar por la parte trasera del ICF.

Se descartó que hubiera sido un robo, ya que ella tenía su reloj Rolex y otros objetos personales; su llave apareció en el pantalón, probablemente la razón por la cual se encontró el vehículo en la parte superior. Siempre he estado agradecida por ese detalle.

En esta ocasión, no ingresé como fiscal investigadora ni para entrevistar peritos, sino como familiar de la víctima, enfrentando la dolorosa realidad de la muerte de mi hermana. Mi hermana mayor y yo la identificamos por una foto: ella lucía como si estuviera dormida; y la herida no se veía clara, ya que la opacan.

Aun así, fue impresionante reconocer que **no estaba dormida**, que su ser había sido apagado para siempre. Recuerdo la tristeza e incredulidad en la mirada de mi hermana cuando la vio.

No quiero imaginar cómo hubiera sido identificarla en la escena, con la **herida de bala en la cabeza.** Solo fue un impacto de bala que entró por un lado, por detrás, y salió por el lado contrario por el frente. Todos estábamos en **estado de "shock"**, sin entender lo que había pasado. El miedo nos inundaba cada vez que tratábamos de conjeturar lo ocurrido.

Mi hermana mayor se comunicó con nuestro padre, quien estaba de crucero y no podría llegar hasta el **domingo 11 de septiembre** para el velorio y el entierro. Reconozco que, aunque la relación con él apenas comenzaba a mejorar —al igual que la mía después del bautismo de mi hija—, estaba devastado. En varias ocasiones, entre lágrimas, me preguntaba qué había podido pasar como para que terminara con la muerte de Brenda. Nunca olvidaré cómo me dijo sollozando:

> *"Un padre no está preparado para perder y enterrar a una hija, ya que es ley de vida que sea al revés."*

Esas palabras permanecen grabadas en mi memoria, como si fueran de ayer.

Al mismo tiempo, comenzamos los preparativos para el entierro, en un lugar que tenía mi padre, ya que ella nunca había pensado que lo necesitaría tan pronto. Tenía apenas 38 años cuando le arrebataron la vida.

Inicios de la investigación

La investigación del caso comenzó rápidamente. Al ser el asesinato de la **hermana de una fiscal**, se consideró un asunto de **interés público**. En la oficina de ella incautaron las **computadoras** y todo lo necesario para contribuir a la investigación, e incluso regresaron al lugar donde fue encontrada como parte del proceso investigativo. Yo no estuve presente durante la visita a la oficina, principalmente porque, como fiscal, entendimos que era mejor que no interviniera en esa etapa.

El agente de Homicidios a cargo del caso se comunicaba conmigo para solicitar información y mantenerme al tanto de los avances. Por primera vez yo recibía la llamada de un agente en carácter de víctima, y me tocaba mantener la calma y no intervenir. Como fiscal, sabía que ni a los agentes ni a los fiscales les agradaba cuando un familiar llamaba constantemente o intentaba dirigir la investigación. Esa conciencia me ayudaba a no cruzar la línea entre víctima y fiscal. Reconozco que viviré eternamente agradecida del agente asignado al caso, porque su comunicación constante me ayudaba a mantener la prudencia y la calma en una situación tan dolorosa.

La exposición mediática y su impacto

Los periódicos publicaban noticias nuevas todos los días sobre su reputación en la comunidad, su negocio y su vida personal. No es fácil enfrentar eso, y aunque no recuerdo algún detalle que me resultara inquietante, la situación era dolorosa y difícil para nosotros, su familia, que quedábamos aquí cargando el dolor. Como fiscal pude comprender lo que sienten las familias que pierden un ser querido.

En ocasiones deseas que nadie conozca lo que está pasando, pero los medios revelan detalles, muchas veces irrelevantes, creando sensaciones que no puedes controlar. Es como si la víctima se desnudara ante todos y quienes permanecemos no pudiéramos hacer nada.

Constantemente recibía llamadas para entrevistas de diversos medios, incluyendo programas noticiosos y de corte sensacionalista como SuperXclusivo en WAPA TV, conducido por una marioneta, y Dando Candela en Telemundo. Ambos se dedicaban a cubrir noticias de farándula, chismes y crímenes con un tono de espectáculo, y ambos buscaban entrevistas conmigo. Uno de los periodistas incluso quiso ir a la casa de Brendalí, lo que generaba un conflicto ético y personal que tuve que manejar con cuidado. Me desconcertaba la falta de empatía y respeto hacia una víctima de asesinato y su familia, solo por publicar una noticia sensacionalista sobre sus creencias religiosas; insistían en ver lo más íntimo, que es el hogar de alguien.

Sueños, visiones y mensajes

Tuve un sueño tipo visión —así se le puede llamar— donde primero sentí que estaba volando y, al mismo tiempo, recorría rápidamente en mi mente muchas escenas donde ella y yo estábamos juntas. Nos comunicamos por telepatía, sin palabras, y de repente subimos las escaleras de una piscina y nos encontramos. Sin hablar, solo con la mente, nos entendíamos; ambas nos abrazamos y yo lloraba mientras le decía cuánto lo sentía y le pedía que me perdonara por no haber estado con ella cuando todo ocurrió. Ella me acariciaba el pelo mientras yo recostaba mi cabeza en su hombro. Nos separamos y, en un tono agitado, me dijo:

"Yachi, no te preocupes. Ahora soy libre y estoy viajando mucho, como a mí me gusta. Lo que pasó no te lo puedo decir; no me lo permiten decir."

En ese momento, como si me transmitiera pensamientos, entendí que se retrasaba como espíritu si me hablaba de lo sucedido. Comprendí que sería un proceso en el que descubriría lo que había pasado, pero en su momento. Entonces ella alzó vuelo y desapareció rápidamente, como un cohete despegando.

Acto seguido escuché una voz masculina que me produjo mucha paz, aunque no pude ver ni su rostro ni su cuerpo.

Me dijo al oído:
"Ella está bien; está un poco resentida con lo que pasó, pero está bien."

En ese momento me desperté.

Recuerdo que, cuando Manolo me llamó para preguntar cómo estaba ese día, le conté mi sueño. Aunque todavía no sospechaba nada relacionado con él, recuerdo que para mí fue muy curiosa su reacción. Incluso se lo comenté a mi exesposo. Al escuchar que la voz decía que ella estaba resentida, su reacción fue de enojo; me respondió con un tono fuerte:

"¿Resentida? ¿Cómo que resentida? Eso no puede ser... será sentida u otra cosa, pero un espíritu no se puede resentir."

Repetía esto varias veces; su tono sonaba cargado de disgusto y molestia, dejando claro cuánto le impactó mi relato.

Velorio y presencia del Padrino

Llegó el día de velarla en la funeraria Guaynabo Memorial, el 11 de septiembre. El Padrino llegó antes que nadie, alegando que, como padrino, tenía que estar allí, ya que ella estaba en el proceso de su coronación de santo.

Realmente era información que yo desconocía, porque en la religión los detalles relacionados con esa coronación no se revelan a alguien que no ha pasado por ese proceso. Entiendo que ese fue uno de los factores mayores que ayudó a que pudiera manipularnos a todos, en especial a Brendalí, quien terminó asesinada en un lugar escogido por él.

Yo estaba allí y fue impresionante verla en su féretro. Esa fue la primera vez que la volví a ver después de la última vez que la vi con vida, en casa de Manolo. Le colocaron la ropa que llevamos para vestirla y estaba bastante maquillada, algo que no era común en ella, porque mantenía una apariencia natural; cuando se maquillaba no era mucho. Tuvieron que colocarle una bandana en el pelo para cubrir su cuero cabelludo lacerado por hormigas, debido al tiempo que su cuerpo estuvo a la intemperie y tirado al pie del barranco hasta ser recuperado. Sus uñas estaban impecables, como siempre, y su carita que tanto adoraba.

El Padrino estuvo con ella unos minutos, hablando y despidiéndose. Yo también tuve unos minutos a solas, donde le hablé y le pedí:

"Por favor, ayúdame a esclarecer todo esto. Aunque estábamos un poco separadas, nunca dejé de amarte ni de vivir sin ti. Todavía no sé cómo lo haré... te seguiré amando porque sé que el amor trasciende."

Posteriormente regresé cuando comenzó el velorio oficialmente. La funeraria estaba llena; los agentes de la policía estaban allí y me dijeron que eso era parte del proceso investigativo. Recuerdo que me preguntaron por su Padrino, pero como algo casual. Mencionaron que habían entrevistado a su exnovio; de hecho esa fue la primera persona entrevistada, pero no era sospechoso. También había otros agentes de la policía que trabajaban conmigo o me conocían.

La funeraria estaba llena de agentes, y recuerdo que el Padrino llegó más tarde. Tuve la dicha de tener personas que trabajaban conmigo que le comentaron a los agentes que nos conocían a ambas y que, por favor, hicieran todo lo posible para esclarecer el caso. Hablaban muy bien de Brenda.

Ese día me entrevistó uno de los noticiarios y un periodista del periódico **Primera Hora de Puerto Rico** en la funeraria. Fue una entrevista por escrito y después hicieron un reportaje; yo pedí no aparecer en cámara. Querían conocer más de ella, de nuestro sentir como familia y auscultar el posible móvil, considerando que era fiscal y/o mi participación en casos sensitivos. En aquel momento se pensaba que todo era posible.

El reportaje se tituló:
Fiscal confía en que se aclare misteriosa muerte de su hermana.

Declaré:
*"Mi mayor interés es saber quién lo hizo y por qué; eso es lo único que te puedo decir... esa es mi mayor preocupación y, más que nada, saber por qué, porque Brenda no se merecía una muerte así, ni Brenda ni nadie."*1

A ella la velaron por dos días, y el segundo día fue su entierro. Era tan querida, al igual que mi familia, que muchas personas asistieron y, como eran tantas, los dueños de la funeraria decidieron abrir una segunda capilla para ella al día siguiente. Las coronas tampoco cabían en la capilla de la funeraria.

La realidad es que fue impresionante presenciar la solidaridad de la gente, tanto por ella como por nosotros, la familia. Vinieron vecinos de cuando vivíamos en Bayamón y éramos menores de edad. Compartí con muchos amigos que teníamos en común, incluyendo algún novio de ella o mío de juventud. Siempre estábamos juntas; conocíamos los secretos de cada una. Hubo tristeza, pero también alegría al recordar momentos felices. Así fue menos difícil asimilar la situación.

Tuve la bendición de tener la fortaleza de consolar a personas que conocíamos en común. Muchas personas reconocieron la entereza con la que manejé la situación. **El dolor se transformó en fortaleza, ya que en la calma se puede pensar mejor** y no desperdiciar energía —energía que necesitaba para buscar en mi mente y en el entorno lo necesario para esclarecer lo sucedido.

Recuerdo decirle a la chica que le hacía las uñas, a quien ambas conocíamos de años:

"Gracias a ti ella tiene sus uñas impecables y bonitas; sabes que para ella era muy importante verse bien en todo momento."
—mientras ella lloraba desconsolada.

También fue impresionante cómo muchas personas se acercaban a preguntarme si era la hermana de la que tanto ella hablaba, y conocer a personas de diferentes países que la conocían a nivel profesional y, en algunos casos, en lo personal. Estaban sumamente afectados y preguntaban detalles de la situación; incluso enviaron coronas y mensajes de despedida.

A su vez, hubo personas que me felicitaron por la gran hermana que tuve, con una sonrisa inigualable y un corazón noble. Más de una persona mencionó que ella no cobraba sus servicios como tasadora y que **solo pedía $1 como algo simbólico.** ¡Qué hermosa!

Recuerdo como una amiga de Brenda, que yo no conocía, estaba llorando desconsolada y me comentó que ella había conducido hasta el lugar donde encontraron el vehículo, porque no podía entender lo que había sucedido. Sollozaba que apenas días antes había hablado con Brenda y hoy estaba muerta.

Detalles importantes que no olvidaré

En el primer día, entre el tumulto de gente, se acercó una señora que me preguntó si era la hermana de Brendalí; le indiqué que sí. Me dijo:

"Tú no me conoces, pero yo la conocía a ella. Yo soñé con ella después de su muerte y tengo un mensaje para ti. Ella dice que no te sientas culpable, porque no fue tu culpa. Que a ella la estaban siguiendo en otro carro y ella no había sido cuidadosa y no se había dado cuenta. Es un hombre blanco y un hombre trigueño los que estaban relacionados con lo que le pasó, pero no te culpes. Tú sabrás que no estoy mintiendo porque vas a encontrar un peluche color rojo en sus pertenencias que tiene como una batería."

Me quedé sin palabras y, en ese momento, como en una película con libreto, se acercó alguien a saludarme y la señora desapareció entre la multitud.

Con el tiempo descubriría que la investigación arrojó que efectivamente había un carro bastante pegado a su guagua con un hombre conduciendo, que la estuvo persiguiendo según quedó grabado en cámaras. La evidencia también reveló que la persona que le disparó tenía pelo rubio pintado, largo y lucía bastante claro.

Muchos años después encontré el peluche al que me había hecho referencia. Es como si mi niña me hablara y me protegiera, aun después de muerta, porque el amor trasciende.

Le conté esto al Padrino, quien había llegado más tarde ese día, y él se quedó callado y me dijo:

"Pues blanco y trigueño puede ser cualquiera, hasta yo, y yo no la maté."

Lo dijo muy normal. Sin embargo, al rato, tras escuchar a tantas personas hablar de teorías de lo sucedido, la presencia de mi padre y familia y la presencia de agentes, periodistas, fiscales, jueces, e incluso del Superintendente de la Policía y del entonces Secretario del Departamento de Justicia, él aprovechó que yo estaba en entrevista y abandonó la funeraria, en compañía de su exesposa —la empleada que Brenda había despedido y que él alegaba que había sido una injusticia—. Alegó que le había subido la presión y que no podía estar allí presente, cerca del cuerpo y de tanta gente que lloraba por ella.

La realidad es que la última vez que vi a Manolo ese día lucía descompensado, con el rostro extremadamente colorado y casi se desmaya. Ahora puedo entender que en efecto no pudo aguantar la presión de todo el ambiente y hasta de una persona arrojando luz sobre lo sucedido en plena funeraria llena de agentes. Tenía que irse a recuperarse para poder continuar con su espectáculo en control y sin cometer errores.

Entierro y despedida
Al día siguiente la funeraria estaba nuevamente repleta de personas; muchos llegaron para acompañarnos al entierro que ocurriría esa tarde. El exnovio solicitó permiso para entrar y acercarse a ella, lo cual se le permitió, ya que no era sospechoso. Recuerdo que varias personas cuestionaron su presencia, incluyendo a Manolo, pero les informaba que no era sospechoso.

A mi manera lo interrogué para que me ayudara a esclarecer lo sucedido y no hubo nada que él interpretara como una acusación o que levantara sospechas. Incluso me confirmó que habían terminado su relación esos días, sin darme detalles, pero que jamás pensó que algo así podría pasar y que la próxima vez que la vería sería de esa manera, en un ataúd, en una funeraria. Su voz se quebrantó mientras me hablaba. Definitivamente él no era la persona que estábamos buscando.

La realidad es que los agentes no daban información sobre los resultados o conclusiones de la investigación, lo cual yo entendía, pero a su vez vivía aterrorizada porque no tenía idea de por qué asesinaron a Brenda y temía por mi vida y la de mi familia, incluyendo a mi pequeña hija, en aquel momento.

Ese día me volvieron a pedir una entrevista en *Dando Candela*, una entrevista que yo no quería dar por el tipo de programa que era, pero reconozco que entre *SuperXclusivo* y ese programa, prefería este último. El Padrino se dio cuenta y me dijo que debía hacerla; insistió mucho, alegando que si eso podía ayudar al esclarecimiento del caso de Brenda, yo debía cooperar. No entendía por qué me manipulaba: ¿por qué el causante de su muerte me insistía en esto? ¿Para despistar? ¿Necesitaba que yo creyera en él? Ahora veo lo que antes no veía o desconocía.

Cabe señalar que, posterior a mi entrevista, llegaron unas amigas que teníamos en común y que conocíamos de nuestra antigua casa religiosa. Una de ellas le dijo a mi exesposo, delante de mí, que sentía que el asesino estaba presente. Yo estaba al lado de Manolo en un sofá y no escuché, por lo que ella lo volvió a repetir en voz alta. Él estaba tan serio y la miró tan mal... pero yo pensé que era porque se sentía mal de salud, ya que nos había pedido a mi exesposo y a mí que nos sentáramos con él, un poco alejados del público, por esa razón.

Les juro que esa cara la tengo grabada en mi mente y todavía no sé cómo no sospeché o vi la bandera roja; *definitivamente tus convicciones y fe no te dejan ver más allá y no puedes ceder tu poder para dejar entrar a otros de esa manera.*

Posteriormente llegó uno de los momentos más dolorosos: me tocó dar, en nombre de la familia, el discurso de despedida a Brenda. Yo fui la última en hablar, y muchas personas habían hablado antes que yo. La sala del lado estaba abierta para que cupieran más personas y, aun así, había gente parada y fuera de las capillas porque no cabían.

Tuve la gran alegría de poder decirle al mundo, con mis palabras, el gran ser humano, la gran profesional, amiga y hermana que era Brendalí. El Padrino estaba bastante cerca y frente a mí. Yo lo miraba de vez en cuando mientras hablaba, sin tener ni idea de quién realmente era, buscando su aprobación a mis palabras y anécdotas que utilizaba para describir la nobleza de Brenda.

Él me comprobó que todo sinvergüenza tiene una parte que le reclama y lo inunda de culpa. Vi cómo se tambaleó un poco y salió de la capilla después de que expresé, mirándolo a los ojos:

"La persona que le arrebató la vida no tiene ni idea del gran ser humano que era y del daño que le provocará a mi hija por privarla de su tía."

De ahí partimos al entierro, en el cementerio Porta Coeli[10] en Bayamón. Otro momento doloroso e histórico: fue la primera vez en la que participé en un entierro en el que caminé junto a los que cargaron el féretro hasta la capilla del cementerio antes de su misa. Un amigo abogado de todos nosotros le cantó junto a mariachis[11] canciones de despedida. Su voz era y es tan bonita que retumbaba por toda la capilla, y los presentes comenzaron a llorar. De igual manera, el Padrino lloró inconsolablemente.

Ahora me doy cuenta de que lloró hasta más que muchos de los presentes, con su mano en el corazón. Mientras escribo, es como si lo estuviera viendo colocar su mano entre la camisa y su pecho para transmitir el dolor que sentía por su muerte. Realmente, el sentimiento de culpabilidad lo estaba matando o fue parte de su nefasto plan para encubrir su fechoría; definitivamente, es algo que nunca conoceré.

Finalmente, pasamos al lugar donde la enterraron. Confieso que realmente esa fue una de las partes más duras y difíciles de ese proceso. Mientras estaba en la funeraria, su féretro estaba abierto y podía ver su rostro. Aunque su alma ya no estaba ni la sonrisa que tantos describen, su cuerpo estaba allí entre nosotros. Al ver la caja abajo, las flores encima y ver cómo caía la tierra, entendí que era cierto: estaba muerta y no volvería a verla más; su cuerpo ya estaría bajo la tierra.

El Padrino se fue un poco antes que nosotros, indicando que tenía que descansar, porque todo era muy duro.

Esa tarde del **12 de septiembre**, el papá de mi nena estaba en casa conmigo, tranquilo; ya habíamos llegado del entierro, y de repente llegó agitado del cuarto: tenía que salir porque los agentes habían ido a buscar al Padrino a su casa y lo tenían en el cuartel para entrevistar.

Yo lo miré y, convencida de la inocencia del **Padrino**, le pregunté:
"¿Cuál es el problema si el que no la tiene hecha no tiene sospecha?"

Él me contestó:
"Es que él me llamó para que lo fuera a buscar al cuartel y que lo acompañara."

En ese momento me tuve que poner firme y decirle:

"Recuerda que eres el cuñado de Brendalí, la víctima, y esposo mío, que soy su hermana... Nosotros no tenemos que ver con la muerte de ella, pero como fiscal te digo que eso es parte de la investigación. A todos nos van a entrevistar y no puedes ni intervenir como abogado en esta situación. Deja que la policía haga su trabajo y no debe haber ninguna razón para que tenga problemas. Aun así, si él desea un abogado, recomiéndale o habla con alguno que conozcas, pero tú no intervengas."

Esa tarde permaneció en casa y no se presentó en el cuartel. Con mis palabras logré evitar que cometiera un error del cual se arrepentiría posteriormente.

Reflexiones y el duelo silencioso

Después de su entierro comenzó otra etapa que describiría como lo peor. Ya no estaba el cuerpo, ya no había personas cercanas brindándome apoyo y amor, y tampoco tenía a quién consolar, como hice durante esos días. La falta de adrenalina en el cuerpo, el silencio y la ausencia de ese ser querido —en mi caso, la bebé de la casa— te asfixia y te mata. Mi ser vivía pendiente a la puerta, esperando que se abriera y apareciera ella.

Perdí la cuenta de cuántas veces pensé que iba a tocar, que yo le abriría y que nos abrazaríamos para charlar como siempre. Otras veces mi mente jugaba con los recuerdos y prefería creer que estaba de viaje, no muerta. Los días más pesados me hacían pensar que todo era una pesadilla y que, al día siguiente, ella aparecería. Era, quizás, la manera en que la mente buscaba protegerme.

Pero mi mente, tanto como fiscal como persona, siempre activa y analítica, me estaba matando. No paraba de pensar ni de buscar alguna razón coherente a lo que había pasado. Más de un millón de veces repasaba uno por uno mis pensamientos, intentando descubrir qué se me escapaba, qué había pasado que yo no sabía. A eso se sumaba el terror. En aquellos momentos vivíamos aterrorizados: ¿Quién había podido ser? ¿Cuál era el motivo de ese asesinato? Temíamos por nuestra vida y la de nuestra familia.

Llegamos a contemplar la idea de pedir protección al gobierno, incluso la posibilidad de blindar nuestros carros por miedo a una balacera. Pero eran cambios difíciles, costosos, casi imposibles de realizar. Ahí comprendí en carne propia lo que viven los testigos que enfrentan situaciones similares: que las promesas de cambiarles el rostro con operaciones o reubicarlos en otro país con todos los gastos pagos son fantasías de películas. En la gran mayoría de los casos eso no ocurre.

De mi parte, en ese momento no pasaba por mi mente nada relacionado con el Padrino. Lo que sí me golpeó ocurrió pocos días después del entierro: abrí la puerta de mi apartamento y vi el periódico que recibíamos en casa. En la portada había un titular enorme que asociaba a Brenda con la religión de la santería. Todo Puerto Rico lo vio, porque era el periódico más leído en la isla. Aquello fue un golpe adicional, pues todo el país conocía ahora nuestra creencia religiosa, algo que siempre habíamos ocultado para evitar la crítica y el rechazo que sufren quienes practican esa fe.

La Ceremonia del Llanto

Días después, el Padrino organizó lo que llamó una Ceremonia del Llanto. No fue un acto público, sino algo íntimo, al que recuerdo que asistimos solo mi exesposo, la que sería la madrina de Brenda —la mujer que ella había despedido, pero que en algún momento había sido muy cercana a ella—, la ahijada que vivía en esa casa y yo. No todos los presentes lloraron. Yo lloré muy poco, entregando mi pena en oración, mientras otros permanecieron serenos, como mi exesposo, incapaz de derramar lágrimas. Cada uno de nosotros expresó el duelo de una manera distinta.

Hubo incluso un momento cargado de ironía: le agradecí a aquella mujer, la exesposa de Manolo y exempleada de Brendalí, por estar allí presente, sin imaginar que, tiempo después, sería testigo de la defensa. Más irónico aún era que quien organizaba aquella despedida tan cuidadosa fuera el mismo hombre que, más tarde, descubriríamos capaz de la mayor traición. Casi parecía que había planificado esa ceremonia para que no sospecháramos nada de su fechoría.

La ceremonia no fue un Ituto[12], porque Brenda no estaba coronada, ni tampoco una misa abierta. Fue un instante recogido, entre rezos y recuerdos, donde cada uno, a su manera, se despidió de ella.

En medio de esa intimidad comprendí que el duelo puede ser silencioso, compartido y, a veces, inesperadamente generoso; y que incluso en la ausencia y el dolor se puede encontrar un gesto de cuidado y respeto hacia quien se ha ido.

"Como quien no quiere la cosa", Manolo me preguntó por la investigación. La realidad es que no le brindé información, pero lo hice porque siempre, como fiscal y ahora como abogada, he sido muy cuidadosa con la información que comparto de un caso, especialmente en etapas investigativas como la que atravesaba el de Brenda.

También me hizo un comentario sobre que le asustaba que lo volvieran a llamar a entrevista y que probablemente necesitaría consultar con un abogado. Con mirada de sorpresa e inocencia le pregunté:

"¿Qué le da miedo? Pero ¿por qué, si usted no tiene nada que ver con esto?"

Y yo, tan confiada —pues en verdad lo creía así—, me imagino que él se reía por dentro. Me contestó:

"Es que a veces esos agentes discriminan porque uno es de otro sitio, cubano, y quieren buscar culpables."

Con la misma ingenuidad de antes le dije:

"Usted tranquilo. Cuando lo llamen, el que no la tiene hecha no tiene sospecha" *—volví a utilizar ese refrán[13] que utilizaba mucho mi mami, QEPD— y como si nada... no se preocupe.*
Todos nos despedimos en paz, felices por la celebración que rendía homenaje a Brenda... ¡Qué irónica es la vida!

En aquel momento yo creía que el peligro estaba lejos, que el mal era cosa de otros, no de los nuestros. Qué ingenuidad... Hoy lo entiendo distinto: a veces la traición no llega desde afuera, sino desde la misma mesa donde compartimos el pan. Esa verdad comenzó a revelárseme en sueños, con señales que yo no lograba descifrar del todo. Señales que luego se mezclaron con otro dolor profundo: la pérdida de mi embarazo de la que les contaré próximamente. Era como si el universo entero me estuviera gritando que algo se había quebrado en mi vida, y yo todavía no podía verlo con claridad.

Notas al pie

10. Cementerio Porta Coeli: Ubicado en Bayamón, Puerto Rico, es un cementerio de tradición histórica donde se realizan entierros y servicios religiosos, incluyendo capillas amplias para grandes concurrencias.

11. Mariachis en el entierro: Tradición adoptada en algunos funerales puertorriqueños para rendir homenaje musical a los fallecidos, especialmente cuando eran queridos por la comunidad.

12. Ituto: Ceremonia ritual en la santería, generalmente relacionada con la iniciación o coronación de un santo; en este caso, Brenda no estaba coronada, por lo que la ceremonia fue adaptada a un acto de duelo íntimo.

13. Refrán de la madre: "El que no la tiene hecha, no tiene sospecha", frase popular en Puerto Rico usada para transmitir tranquilidad frente a acusaciones infundadas o investigaciones.

Capítulo 6
Sombras en la Confianza

Entre sueños, secretos y pérdidas inesperadas

En medio del bullicio de la vida y la vorágine de lo que creíamos seguro, la realidad se despliega con la sutileza de un susurro y la fuerza de un golpe. Los sueños revelan secretos que la vigilia no se atreve a mostrar, y la confianza se convierte en un terreno movedizo donde la traición puede ocultarse tras las máscaras más queridas. Entre la esperanza que trae la vida y el dolor que deja la muerte, aprendemos que el corazón humano puede sostener la luz y la sombra, la ilusión y la desesperación, todo a la vez.

El sueño de la letra O

Tuve otro sueño. En esta ocasión, **Brenda no me habló ni nos vimos directamente.** Yo estaba en un sitio con mucha gente, un bullicio lleno de ruido de las personas; era como una fiesta. Yo sabía que ella estaba allí, la sentía, aunque no podía verla.

En medio de esa multitud recibí la información de que **había sido alguien de la casa religiosa quien estaba envuelto en su asesinato y escuché claramente la letra O.**
La realidad es que, aunque nunca pude conectar a quién o a qué se refería esa letra, sí sabemos que la información fue certera.

Hablé con el **Padrino** de la situación y le conté el sueño. Él se mantuvo callado y bastante calmado. Yo le pregunté:

— *"¿Cuál es el nombre de la persona relacionada con las computadoras de quien usted me habló? ¿No sería él, porque estaba molesto con la situación?"*

Él me respondió que no, que tenía nombre con C, no con O. Me sugirió que verificara a quién Brenda conocía del negocio o de otro lado con la letra O, pero insistió en que estaba casi seguro de que no había nadie en la casa espiritual tenía un nombre que comenzara con esa letra. Además, estuve tratando de buscar en mi mente a alguien con esa letra, pero nada parecía encajar.

Una noticia inesperada: el embarazo

Quiero retomar lo que ya adelanté en el capítulo anterior: en medio de toda esta pesadilla ocurrió lo que pensé que era un milagro. En medio de tanto caos y dolor, recibí la noticia de que estaba embarazada a mis 40 años.

Ante la situación, esta noticia me llenó de ilusión, aunque el dolor que sentía era tan profundo que resultaba muy difícil mantener el cuidado necesario durante esas primeras semanas.

Las entrevistas y el peso de la investigación

Recuerdo ir a una primera entrevista, ya embarazada sin saberlo, donde estuve horas reunida con solamente un café en el estómago y con los nervios de punta. La ansiedad me mataba por todo lo que sucedía, y peor aún, tener que comparecer ante el **Jefe de Fiscales** —quien también era mi jefe— junto con agentes y fiscales a cargo, para hablar de mis intimidades relacionadas con la investigación y de mis creencias religiosas, **detalladamente,** con el fin de arrojar algo de luz en la desesperación.

De igual manera, fui entrevistada en **Bayamón por los agentes de la División de Homicidios.** Esa entrevista también fue extensa y estuvo cargada de detalles.

La verdad sobre Manolo

Recuerdo que les comenté a los agentes que, al ver el velón, había llamado a **Manolo,** y él me había dicho que **Brenda no tenía que bajarse para nada y que solo tenía que tirar la bolsita con la piedra en la manigua.** Al mencionarlo pude sentir que algo pasaba por la manera en que los agentes se miraron y por la insistencia en ese tema, pero no me informaron ni me brindaron detalles de la investigación.

Lo que sí pude percibir es que la línea de investigación iba dirigida a **Manolo, su padrino y guía espiritual.** Con el tiempo me enteré de muchas cosas que él había alegado:

- Que Brenda lo visitaba todas las tardes después de salir de su oficina, ya que su casa estaba ubicada a minutos de su negocio.
- Que el carro que yo veía en la marquesina de su casa estaba a nombre de Brendalí.
- Que ella le pagaba o ayudaba con la renta de la casa y los medicamentos.
- Que cuando ella se iba de viaje, lo dejaba a cargo hasta con la libreta de los cheques.

Me quedé con la boca abierta. Sabía del amor, admiración y profundo respeto que Brenda sentía por su guía espiritual, pero desconocía los detalles de esa relación.

Sufrí mucho al enterarme. Fue duro y doloroso porque ella me lo ocultó todo. Lo hizo porque sabía que yo no iba a estar de acuerdo con esa situación, que hubiera intentado evitarlo y revertir las cosas de alguna manera. Además, probablemente él la manipulaba para que no me lo contara, pues, como ya mencioné, se encargó de separarnos y dividirnos para lograr todo esto.

Con él se comprueba el refrán popular que dice: **"Divide y vencerás."**

Al finalizar la entrevista estaba exhausta, y más aún por el embarazo y las noticias recibidas. Lamentablemente, y para completar, recibí un vaso helado de agua fría: lo que tenía que escuchar para que se me cayera la venda de los ojos de una vez y por todas. Uno de los agentes me indicó:

—**"Usted sabe una de las razones por las que creemos que Manolo está implicado en el asesinato de su hermana? Porque a ustedes les dijo que ella no tenía que bajarse en ningún lado para tirar la bolsa, pero en la escena, enterrada en el tronco de una mata de guineos verdes, nosotros encontramos..."**

No lo dejé terminar y le respondí:
—**"La bolsa con la piedra"**

Él asintió con la cabeza.

Para completar, comprendí la simbología: Changó, el orisha de la justicia y el trueno, se asocia con los guineos verdes. (En la santería, Changó era el santo de la coronación de mi hermana, y esta coincidencia era imposible de ignorar.) El agente me advirtió que, por cuestiones de seguridad y por el beneficio de la investigación, mantuviera silencio y disimulara para evitar cualquier situación.

Al salir de allí, con toda esa información, salí con el corazón en la boca. Le daba vueltas a todo. Empecé a ver cosas que antes no había visto, aunque mi corazón se resistía a creer lo que me habían dicho. Incluso no dejaba de preguntarme **cómo alguien podía eliminar a alguien que le había dado tanto, con amor, confianza y agradecimiento.** Tampoco entendía cuál podía ser el móvil de tan cruel traición.

El contacto con Manolo y la lucha por aparentar normalidad

Esa tarde, **Manolo me llamó por teléfono.** Me había pedido que le llevara unas cosas que necesitaba de Brenda. Yo le había comentado que tenía entrevista con los agentes ese día. Recuerdo como si fuera hoy:

—**"¿Y qué, mi ahijada, esos agentes ya tienen a alguien y han enderezado esa investigación?"**

Tuve que tragarme las palabras, no reaccionar y no decir lo que pensaba. Solo le dije:
—**"Recuerde que ellos están haciendo su trabajo y tienen que entrevistar a todo el mundo. Recuerde que el que no la tiene hecha no tiene sospecha."**

Hubo **silencio total.**

Durante los días siguientes, mis conversaciones con él fueron un sufrimiento. Disimular, callar, no poder aclarar dudas, no poder reclamar… era horrible. Confieso que en ocasiones pensaba que debía existir una explicación racional ante los hechos y quería creer que él no estaba envuelto en lo sucedido.

La mente juega con el razonamiento y los recuerdos para evitarnos el dolor. Por eso, en tantas ocasiones no soltamos lo que nos produce sufrimiento: lo minimizamos en nuestro pensamiento como una manera de proteger nuestro ser.

Tuve que ir a su casa a llevar esas cosas y quedarme un ratito hablando con él para disimular. Podía ver cómo miraba todos los carros que pasaban por la casa con ansiedad e inventarme cosas de qué hablar para aparentar normalidad. Era una tortura para mí, pero por el amor a mi compinche que ya descansaba en paz y a los que me rodeaban, logré tener la fortaleza necesaria para callar y **no desequilibrarme ante el pánico y el dolor.**

No solamente para callar ante esto, también para soportar comentarios de programas como Super Xclusivo, que con solo mencionar el caso y dar opiniones no solicitadas me subía la presión y sentía todo el calor en la parte baja trasera de la cabeza… desesperante por demás.

Poco a poco, me fui separando disimuladamente de él por muchas razones. Por otra parte, el Jefe de Fiscales me insistió enfáticamente que no volviera a la casa del Padrino. Él prefería que Manolo se diera cuenta de que era sospechoso en la investigación, a que algo me pasara a mí. Recuerdo que en varias ocasiones me repitió que no olvidara que **el último lugar donde la vieron con vida fue en la casa de ese señor, y lo próximo que encontraron fue su muerte.** Me dijo que tenía que ser más precavida y cuidarme más.

La pérdida inesperada: el embarazo y el duelo

El peso de todas esas revelaciones me acompañaba a cada paso, marcando mis días con una mezcla de miedo, desconfianza y agotamiento emocional. En medio de ese caos, mi cuerpo y mi corazón estaban tratando de sostener una esperanza inesperada: una nueva vida que comenzaba sin que yo lo supiera. La ilusión de algo bueno se colaba entre tanto dolor, recordándome que la vida, aun en su fragilidad, puede sorprendernos cuando menos lo esperamos.

Claro está, ante todo esto, pasó lo que no deseaba: a finales **del mes de octubre de 2011,** mi alma volvió a romperse cuando había encontrado una esperanza que ayudaba a sostenerme ante este escenario. Por mi edad y la situación, a las **ocho semanas de embarazo tuve un aborto espontáneo.** Comencé a sangrar en distintas ocasiones, hasta que tuve que dejar de lactar a mi hija súbitamente, de un día para otro, hasta que en la última ocasión perdí al bebé. Cada visita al hospital por el sangrado era traumática.

En la última ocasión fue espeluznante: esa mañana, justo antes de mi cita médica, expulsé algo pequeño de mi cuerpo que parecía un tejido sólido. En la oficina del médico, mientras me hacía el sonograma, podía ver su cara y gestos, hasta que él me confirmó que ya lo había perdido, que ya no llevaba dentro de mí vientre una nueva vida. Recuerdo que comencé a llorar, pero disimulé en ese momento.

Durante mi niñez fui entrenada para no llorar, menos aún ante los demás, y ser fuerte ante cualquier situación; esta ocasión no era una excepción.

El médico me indicó que lo mejor sería hacerme un raspe[14] para no tener que pasar por el proceso triste y desesperante de esperar a que mi cuerpo expulsara el embrión, y así poder intentar quedar embarazada más rápido. Como resultado, al día siguiente me presenté en el hospital para ese procedimiento quirúrgico, que se realizaba con anestesia.

Después de salir de la oficina del médico, recuerdo gritar y llorar desconsolada. El papá de mi nena no sabía cómo calmarme. Todavía recuerdo su cara, con algunas lágrimas; pocas veces lo había visto llorar. Yo gritaba y lloraba desequilibradamente:

—**"¿Por qué, por qué, por qué te fuiste? ¿Por qué ya me quitaste la ilusión de volver a ser madre? Me quitaron a Brenda y ahora al bebé."**

La muerte de Brenda había producido en mí una especie de pánico, pues **no toleraba la idea de que mi hija se quedara sin un hermano o hermana** que la protegiera y le hiciera compañía. Estaba obsesionada con la necesidad de tener otro hijo para que mi nena tuviera alguien que la cuidara, especialmente si su papá y yo faltábamos.

Perder a Brenda, un ser tan querido, afectó mi paz y tranquilidad hasta el punto de pensar que pronto yo también partiría de este mundo, y no quería que mi hija se quedara sola.

Esta experiencia se relaciona con la ansiedad de la propia mortalidad, también conocida en psicología como mortality salience[15], y con lo que se llama ansiedad de separación o incluso duelo traumático[16], dependiendo de la forma en que ocurrió la pérdida.

Aunque intentaba recomponerme y encontrar un hilo de calma entre la angustia y el dolor, la vida parecía no darme respiro. Aun rodeada de médicos y procedimientos, algo en el aire me indicaba que aún no había terminado con las sorpresas que ese día traería

Notas al pie

14. Raspe o legrado uterino: procedimiento quirúrgico para limpiar el útero después de un aborto espontáneo, evitando complicaciones y facilitando un embarazo futuro. Fuente: Mayo Clinic, "Dilation and curettage (D&C) procedure", 2023.

15. Mortality salience: conciencia aguda de la propia muerte, que puede generar ansiedad, miedo o necesidad de proteger a seres queridos. Este concepto proviene de la Teoría de la Gestión del Terror (TMT, por sus siglas en inglés), desarrollada por Greenberg, Pyszczynski y Solomon (1986), y ampliamente utilizada en psicología social y clínica para estudiar cómo la cercanía a la muerte afecta el comportamiento humano.

16. Ansiedad de separación y duelo traumático: reacciones psicológicas intensas ante la pérdida de alguien cercano, que incluyen miedo, angustia, sensación de vacío y comportamiento protector hacia seres queridos. Conceptos basados en la obra de Bowlby, Attachment and Loss (1980), y en la clasificación de trastornos de duelo en DSM-5, American Psychiatric Association, 2013.

PARTE III
El Horror y la Pérdida

Capítulo 7
Entre la Pérdida y el Dolor

Revelaciones que estremecen el alma

Tras la pérdida de mi bebé y la ausencia de mi hermana, la vida me confrontaba con nuevas sorpresas y verdades dolorosas. Llamadas inesperadas y secretos revelados me obligaban a enfrentar la realidad más cruda, mientras aprendía que, incluso en la oscuridad, el amor de quienes hemos perdido sigue protegiéndonos.

Recuperación tras el procedimiento

Al día siguiente llegué al hospital, triste y convenciéndome de que la vida me daría otra oportunidad después de ese proceso, para poder quedar embarazada y ser madre. Ese día, la persona que me atendió en la pre-admisión notó que había perdido un bebé. Después, me preguntó si era familia de la chica que habían asesinado, de apellido **Sierra**, a lo que le confirmé que sí.

Recuerdo que me insinuó que esa debía de ser una de las razones para el aborto espontáneo y me dio el pésame. Me dijo que estaba muy impresionada y apenada con lo sucedido, porque veía que había sido una injusticia y una persona muy querida en la comunidad. Sentí nuevamente profunda tristeza, pero a su vez me alegró saber que existía gente empática que creía, al igual que yo, que lo ocurrido había sido una injusticia. Pensé que **"todo es según el color del cristal con que se mira"**.

El proceso se atrasó un poco, ya que el día anterior, por todo lo mencionado y el sufrimiento de la pérdida, olvidé tomar mucha agua, por lo que fue difícil encontrarme las venas para el suero por deshidratación.

El enfermero hasta bromeó diciendo que parecía que me había sentado a ver televisión toda la tarde sin moverme y que se me había olvidado tomar agua.

Durante ese proceso, me permitieron tener el teléfono conmigo mientras no entrara a la sala para la cirugía. Pensaba dárselo a mi exesposo, quien me acompañaba en el hospital.

En algún momento sonó el teléfono y vi que era el **agente de Homicidios de Bayamón** asignado al caso de Brenda. Me encantaba cuando llamaba porque me daba actualizaciones del caso. Sin embargo, ante la pena que embargaba mi corazón, opté por decirle a mi exesposo que contestara y que le informara que estaba en la camilla pendiente a un procedimiento en el hospital.

Recuerdo que cuando lo hice me sentía extenuada y sin fuerzas para recibir otra noticia. Al terminar la conversación a mi lado, me informó que los agentes querían saber si nosotros conocíamos el hecho de que Manolo había abandonado el país, a lo que él contestó negativamente. A mí me sorprendió, pero a la vez me alivió el hecho de no tenerlo cerca de mí ni de mis seres queridos.

Su actuación confirmaba que, de alguna manera, estaba envuelto en lo sucedido y que había salido corriendo de Puerto Rico para evitar ser arrestado. Mi esposo volvió a recibir otra llamada a mi teléfono cuando los agentes llegaron al hospital, hasta se llevó mi teléfono y no lo volví a ver hasta que entré a la sala.

Al rato de completar el proceso, me levanté de la anestesia. El enfermero me pidió disculpas por su broma y me comentó que desconocía que fuera la **hermana de Brenda Sierra** y que no tenía idea de todo lo que había pasado cuando me hizo la broma de estar viendo televisión sin hidratarme el día anterior. También, mencionó que en su casa Brenda era muy querida, porque un familiar cercano la conocía y todos habían sufrido mucho su pérdida.

76

Para mi sorpresa, añadió que debía de estar orgullosa porque mi hermana había sido una persona muy querida. Entre dormida y despierta, le dije que no se preocupara y que le agradecía sus palabras. Creo que fue el último **ángel** que Dios me envió para intentar fortalecer mi corazón, que estaba hecho pedazos después de salir de ese proceso; un proceso al que entré rezando y pidiéndole a Dios que no hubiera complicaciones con la anestesia, porque no quería que mi hija se quedara no solamente sin su tía, sino también sin su mamá.

Después del raspe: llamadas y nuevas revelaciones

Durante los siguientes días me quedé en casa para recuperarme física y emocionalmente. Sin embargo, nada más lejos de la realidad: las sorpresas seguían apareciendo en mi vida y cada vez ponían más en riesgo mi **lucidez, balance y equilibrio.** Todos los días que me levantaba pedía fortaleza y aguante para lo que me deparaba ese nuevo día.

Recuerdo levantarme adolorida, como dos días después del procedimiento, y disponiéndome a bañar cuando sonó el teléfono del **papá de mi nena.** Él lo tenía cargando en el cuarto de oficina del apartamento en el que vivíamos. Me llamó la atención que llamaran insistentemente, como en tres ocasiones continuas, y cuando me acerco leo en la pantalla el nombre **del agente asignado al caso de Brenda,** por lo que lo tomé y se lo llevé.

A mí no me habían llamado directamente.

Él parecía no atreverse a contestarle frente a mí, por lo que cerró la puerta de la oficina para hablar. Al regresar de su conversación comenzó a evadir el tema, y le dije:

—"**¿Por qué los agentes te están buscando con tanta insistencia? Hasta hace poco ellos no tenían tu número de teléfono, y ahora te llaman insistentemente. Dime la verdad de lo que está pasando.**"

Me miró a los ojos, suspiró y me dijo:

—**"Es que quieren que yo preste una declaración jurada."**

—**"¿Declaración jurada? —le pregunté— ¿si las declaraciones se les toma a testigos que aportan información importante al caso?"**

Mi exesposo me explicó que, cuando yo estaba en el hospital, le había dicho a los agentes que **Manolo le había informado que Brenda no había salido sola de la casa, sino que había salido con MacGyver[17], y él podía identificarlo.**

No podía procesarlo en ese momento. Yo no conocía ni podía identificar a ese personaje, pero algo en mi alma me dio escalofríos: semanas antes, me había topado brevemente con él en un pasillo, sin saber quién era, y bajé la mirada; su presencia me produjo tal impresión que no podía mirarlo a la cara.

Mi esposo me aclaró que él lo había visto en ceremonias en la casa religiosa, a las cuales yo no asistía, pues como madre lactante pasaba la mayoría del tiempo con mi hija. Por tal razón, yo no conocía a la mayoría de las personas de esa casa ni compartía casi con el Padrino.

Cuando le cuestioné cómo sabía eso, me explicó que días después de la entrevista que tuvo el Padrino por primera vez con la policía —a la cual yo le dije que no podía asistir— él le dijo que quería **consultar con un abogado,** porque en esa entrevista había declarado que Brenda había salido sola, información que no era cierta. Ella se había marchado en compañía de MacGyver, y en distintas ocasiones Brenda le había hecho el favor de llevarlo al residencial donde él vivía, ya que se conocían porque él había hecho trabajos de carpintería o algo similar para ella en ocasiones anteriores.

Mi esposo también me contó que le había coordinado en el pasado una reunión para que Manolo conversara con un **abogado criminalista,** alguien muy conocido y querido por todos nosotros, incluyendo a Brenda, pues fue el mismo que le cantó el día de su entierro, para discutir la situación. Según mi exesposo, Manolo alegó que no informó a la policía sobre la relación de este ahijado con Brenda y que ella había salido acompañada con él ese día porque estaba envuelto en el bajo mundo y él le tenía miedo. Manolo quería saber si eso podría generarle algún problema con los agentes.

La revelación que cambió todo

En ese momento, **se me fue el alma al suelo.** Esa era la ficha del juego que yo desconocía, que implicaba completamente al Padrino con la comisión de los hechos. Recuerdo decirle tranquilamente, aunque medio llorando:

—**"Esto era lo que me faltaba escuchar para estar completamente segura de que él está implicado en el asesinato de Brendalí. ¿Por qué no me dijiste esto antes?"**

Y me contestó:

—**"Con todo lo que estaba pasando, que hasta terminaste perdiendo al bebé, no quería que pasaras por más… y mira cómo estás… estaba esperando a que te sintieras un poco mejor para informarte."**

Me encerré bajo la ducha, dejando que el **agua caliente** cayese sobre mí, mezclándose con las **lágrimas** que no podía contener. Golpeé la pared con todo el coraje que llevaba dentro mientras lloraba, dejando salir cada **emoción contenida.**

Por primera vez pensé en él, y en un instante oscuro de mi mente surgió la idea de tomar un **bate** y descargar toda mi rabia encima de él para vengar la muerte de Brenda. Sentí una **ira tan intensa** que parecía que podría destruirlo todo.

Pero entonces, el agua caliente me envolvió, y con cada gota que caía sobre mi cuerpo, algo de esa furia se fue disipando. Entre **lágrimas y gritos,** el agua me calmó, y poco a poco pude **respirar,** dejando que la sensación de alivio sustituyera, aunque solo un poco, el peso del **deseo de venganza.**

El sueño protector de Brenda

Esa noche volví a **soñar con Brenda.** En esta ocasión estábamos solas, y yo me encontraba en un **cuarto con diferentes puertas** que tenían entrada y salida. Sus pasos retumbaban en el piso como **metal que golpea rápidamente,** y parecía como si hubiera venido por poco tiempo.

Al verla, le dije:

—**"Brenda, ya me enteré que fue Manolo quien te hizo eso."**

Hubo **silencio,** y ella miraba al suelo. Por **telepatía** me dijo que sí, pero no habló ni me miraba. Yo, alterada, le pregunté:

—**"¿Deseas que yo me vengue por ti y lo mate con un bate o haga algo?"**

Ella me miró seria y fijamente, y en un tono **fuerte y con autoridad** me dijo:

—**"Ni se te ocurra. No quiero que hagas nada ni que te busques un problema. Si supieras cuánto yo aguanté para no involucrarte en nada de esto."**

Después de sus palabras, el **mensaje telepático,** porque ella no hablaba, me hizo comprender que por mi profesión y por mi personalidad tuvo que **callar muchas cosas** y no compartió información para evitar que me involucrara y tuviera problemas, por lo delicado de los asuntos. Sabía que yo hubiera intentado enfrentar o tomar acción ante sus actos, y eso habría sido peor.

—"**No quiero que hagas nada.**"

Acto seguido, y sin mediar palabra, salió molesta, y sus pasos retumbaban mucho más que cuando llegó. Recuerdo el **silencio que quedó a su partida** y mi tristeza, porque se había ido.

Ahí me desperté... parecía que había venido desde otro plano a **protegerme y advertirme** que no hiciera nada en contra de él. Dentro de todo, fue muy bonito sentir que el **amor trasciende** aun después de la muerte y que tus seres queridos realmente se preocupan por uno, aunque no los veamos.

Confusión, dolor y depresión

No obstante, mi ser estaba confuso y el dolor nublaba mi entendimiento. Primero perdí a mi hermana; su ausencia dejó un **vacío** que ninguna palabra podía llenar; cada recuerdo era un **cuchillo** que me atravesaba. Poco después, perdí a mi bebé, y con esa **doble pérdida** mi mundo se derrumbó aún más. La vida parecía conspirar para arrancarme todo lo que amaba.

Entonces se publicó una noticia que insinuaba que, por información de mi ex, **MacGyver** casi había sido arrestado. En ese momento me invadió un **pánico indescriptible:** sentía que también a mi esposo podía pasarle algo, como si la muerte nos acechara y nos persiguiera con intención. Cada vez que pensaba en ello, el aire se me hacía **pesado** y la **desesperación** se colaba por cada rincón de mi ser.

Me hundí en una **depresión profunda,** aun sin saberlo, una que no se podía nombrar, solo sentir, como un río oscuro que arrastraba todo a su paso. Como no lloraba en cada esquina, pensaba que estaba **funcional** y que no había llegado al punto de deprimirme, y así seguía día a día.

Última comunicación con el Padrino

Qué pasó después... el **Padrino** se comunicó conmigo. Esta vez sí fue muy difícil disimular, y aunque sonaba con un tono de **despecho y molestia**, traté de no mostrar lo que ya sabía y de no reclamarle por su **nefasta acción.**

Me preguntó cómo estaba, a lo que respondí que estaba mal, porque había perdido al bebé. Sorprendido, me preguntó:

—"**¿Ay, y por qué?**"

Le contesté:

—"**Pues no sé, eso solo lo sabe Dios.**"

Se atrevió a responder:

—"**Yo he aprendido en la vida que cuando las cosas no están de Dios, no se dan; y si no se dio, su razón tendría. Yo la llamaba para dejarle saber que salí hace unos días del país a trabajar en un santo. Vine para acá porque necesito seguir viviendo, aunque la muerte de tu hermana me tiene destrozado. Este número de teléfono es el que voy a estar usando de los dos que tengo; ese es solo para que usted me llame si necesita algo.**"

Le contesté:

—"**No se preocupe, me imagino que esto lo tiene destrozado, y usted tiene que seguir viviendo después de lo que pasó. No se preocupe, que yo lo entiendo.**"

Esto fue en un **tono hostil,** aunque traté de disimular mi **rabia y coraje.**

—**"Cuídese mucho, mi ahijada,"** y colgó. Esa fue la **última vez** que hablé con él. Debo entender que entre mi tono y los eventos posteriores, entendió que yo sabía algo y también desconectó ese número. Me di cuenta, porque entre un ataque de ira al seguir enterándome de otras cosas que había hecho, quise comunicarme por ese número y estaba desconectado... Hoy sé que fue lo mejor que me pasó.

Tanto **cinismo** me dejó afectada. Con el teléfono en la mano, no sé cómo me contuve. Si adelanto, me volvió el sangrado y el dolor; mi cuerpo reaccionaba a todo lo que callaba y aguantaba. Cada gesto, cada palabra, cada silencio me atravesaba, y yo apenas podía mantener la compostura. Eran tiempos difíciles, y yo ni siquiera me daba cuenta de cuánto estaba cargando y de cuánto me estaba desgastando por dentro.

El dolor de perder a mi hermana, la angustia por el bebé, la traición, la confusión y el miedo se entrelazaban en un **torbellino** que no parecía tener fin. Todo parecía conspirar para dejarme sin aliento, y, sin embargo, cada día me obligaba a seguir respirando, aunque solo fuera un poco.

Y así cerré ese capítulo de mi vida, con el **corazón hecho pedazos,** el **cuerpo dolorido** y la **mente atrapada** entre el miedo y la incertidumbre, sin saber qué rumbo tomar, ni qué vendría después.

Nota al pie

17. **MacGyver:** Nombre con el que se conoce al ahijado de la casa espiritual de Manolo. Esta persona estaba presente en la noche en que Brenda fue asesinada y aparentemente tuvo participación directa en los hechos. Antes del crimen, había interactuado con Brendalí en ocasiones anteriores, principalmente en actividades de carpintería en su oficina. En las ceremonias de la casa religiosa, era conocido por el padre de mi hija, pero yo no lo conocía ni sabía de su relación con Manolo ni su implicación en los hechos. Posterior al asesinato de Brendalí, estuvo cumpliendo sentencia a nivel federal por otros cargos.

Capítulo 8
Resiliente en medio del miedo

Entre la fragilidad y la determinación

En ocasiones, la vida parece arrinconarnos entre el miedo y la incertidumbre. Son días en que cada decisión pesa como si se llevara en las manos el destino de los que amamos. Sin embargo, también existen momentos en los que, sin explicación lógica, el miedo se disuelve y en su lugar florece una fuerza desconocida. Es allí donde el dolor se convierte en motor y la vulnerabilidad en valentía. Este capítulo es el testimonio de ese tránsito: de la fragilidad que amenaza con rompernos, a la resiliencia que nos permite seguir respirando, aunque sea entre lágrimas.

Reunión en Justicia: una decisión imposible

Durante esos próximos días tuve que volver a otra reunión en el Departamento de Justicia, con el Jefe de Fiscales, para hablar del hecho que yo desconocía: que mi hermana había salido acompañada de **Juan Laureano Pérez,** conocido como MacGyver, la posible identificación del mismo, y si mi exesposo prestaría declaración jurada incluyendo ese hecho.

Yo solo puedo contar que en esta ocasión no podía cooperar con la investigación. Recuerdo decir:

—**"La decisión de prestar una declaración jurada es de mi ex, y yo no voy a intervenir en eso."**

Comencé a llorar desconsoladamente, recordándoles que ya había perdido dos almas queridas y que no estaba preparada para perder a una tercera.

El peso del miedo y la angustia

Pasaron los días y vivíamos en miedo y angustia por lo que pudiera pasar. Temía que le ocurriera lo peor tanto al papá de mi hija como a ella, y estuve a punto de desentenderme de todo lo que estuviera relacionado a Brendalí y a su caso. Por unos instantes entendí que lo que había pasado ya estaba hecho, y que era mejor olvidarme de todo, incluso de mudarme de país.

Reconocía que el sistema de Albergue de Testigos[18] no era lo que deseaba para mi familia. Contradictoriamente, tuve que darme cuenta de que era un lugar muy difícil para tener estadía. En el Departamento no había mucho que nos pudieran ofrecer —como sucede con otros testigos— y tampoco esa era la vida que quería vivir: una vida de incertidumbre, escondiéndome y, peor aún, dejar impune la muerte de mi compinche, de uno de los seres humanos que más he adorado en esta vida.

Viaje inesperado: "Todavía no es tu tiempo"

Una de esas noches tuve una pesadilla. Soñé que estaba en un plano denso y oscuro. Me perseguía un muñeco, como un payaso que se reía fuertemente, con la risa desquiciada que provoca pánico. Retumbaba su eco entre múltiples espejos. En medio del miedo, logré escapar y, de repente, sentí cómo dejaba mi cuerpo: mi espíritu comenzó a elevarse lentamente.

A medida que ascendía, la paz me envolvía. Sentía un regocijo indescriptible y, poco a poco, todo a mi alrededor se volvía blanco, brillante, una luz potente. En medio de esa claridad escuché una voz masculina. No vi su rostro, pero su presencia me transmitía serenidad y calma. Me dijo:

—**"Lo siento, pero todavía no es tu tiempo."**

En ese instante descendí de golpe, como si me hubieran lanzado en un cohete. Sentí cómo caí en mi cuerpo y desperté sentada automáticamente en la cama (ECM)[19].

Fue un mensaje tan contundente como misterioso. No era mi momento de partir: aún me quedaba camino, aún debía enfrentar el horror, pero también vivir la posibilidad de sanar.

Un día decisivo: "Se acabó el miedo"

Sin embargo, un día me levanté pensando diferente. No sé qué soñé o qué pasó esa noche. Solo puedo decir que, de repente, abrí los ojos y me dije: **"Se acabó el miedo."**

De repente, sin aviso, el miedo se desvaneció. No porque las circunstancias hubieran cambiado, sino porque algo dentro de mí decidió dejarlo ir. **En su lugar apareció una fuerza nueva, inesperada, casi brutal en su claridad. Me descubrí resiliente, aunque rota.** Caminaba con determinación mientras por dentro cargaba una depresión tan honda que apenas podía reconocerla. Ni siquiera era consciente del peso de esa tristeza, pero ya no tenía miedo: **la fuerza había tomado su lugar.**

No importaba lo que me pasara, yo iba a seguir hacia adelante. Prefería morir y que todos supieran que fue por hacerle justicia a mi bebé, antes que ser recordada como la hermana que no hizo nada o, peor aún, que alguien pensara que estuve de acuerdo o partícipe con lo sucedido.

Ese día hablé con mi ex y le dije:
—**"Yo no te voy a obligar, ni a exigir ni a argumentar que tienes que prestar una declaración jurada en relación a este caso."**

Y añadí, mientras me halaba la piel del brazo derecho con mi mano izquierda:
—"Esto se convierte en ceniza; este cuerpo en algún momento va a morir. Pero el amor que siento nunca va a morir. ¿Y para qué quiero vivir, si no fui fiel al amor que siento por Brenda y actué arrojando dudas sobre mi ser, solo por estar pendiente a mi bienestar?"

Fue algo mágico e inexplicable. Desde ahí tomé fuerza, fuerza que venía del cielo y del más allá. Dejé de preocuparme por mi vida y continué cooperando en todo lo que pude hasta el final.

Eventualmente, el padre de mi hija decidió por su cuenta prestar la declaración jurada y se convirtió en testigo en el caso. Creo que esa última visita en sueños de Brenda me liberó de actuar contrario a mi ser en distintas ocasiones. Me ayudó a no desgraciar mi vida tomando la justicia por mis propias manos, y a no traicionarme ni traicionar el amor que nos teníamos, aun después de la muerte. **Era mi turno de devolver, con mis acciones, el amor que nos unía.**

Evidencia inesperada: el vehículo de Brenda

A pesar de que él se marchó de Puerto Rico, los agentes continuaron investigando. El les dijo que saldría del país y volvería rápidamente, pero no lo hizo.

El vehículo que utilizaba era un **Suzuki color vino** que estaba a nombre de Brendalí y no lo devolvió. Finalmente, los agentes lo ubicaron en la casa de su expareja, la misma mujer que había trabajado con Brenda, a quien ella despidió y cuya salida de la oficina Manolo consideraba una monstruosidad. Ese vehículo estuvo siendo utilizado sin autorización posterior a la muerte de Brenda, e incluso se recibieron facturas de peaje que no fueron pagadas por quien o quienes lo utilizaron después de que él ya no estaba en el país.

Es increíble cómo la gente puede tener la cara tan dura de hacer cosas como esas con un bien de alguien que había sido asesinado, y que la policía tuviera que requerir la entrega del mismo.

Dios no abandona: una pieza clave

Irónicamente, ese vehículo contenía una pieza clave para el caso y para todos los que deseábamos que a Brenda se le hiciera justicia.

En el vehículo encontraron documentos de personas que le reclamaban dinero que les debía. Entre esas personas había una que le reclamaba a Manolo $1,700 que le debía. El Padrino compró una lujosa prenda la cual debía de

Dios siempre obra por caminos misteriosos y nunca nos abandona. Cuando pensábamos que todo estaba perdido, ya que este señor había abandonado el país y desapareció, apareció evidencia que lo involucraba en otros actos delictivos.

ser pagada mediante abonos, lo cual no hizo. Entonces por estos hechos se le radicaron cargos en ausencia y el juez Rafael Villafañe determinó causa para arresto por el delito de fraude y le fijó una fianza de $100 mil.

La espera y el refugio en el trabajo

Honestamente, no recuerdo cuándo se emitió la orden de arresto, pero sí recuerdo que el agente asignado al caso me lo notificó en su momento. Me informó que sería ubicado en Estados Unidos, ya que no se encontraba en la Florida. Él les había dicho a los agentes que regresaría rápido de su viaje, pero nada más lejos de la verdad: jamás regresó a Puerto Rico.

La espera de ese encuentro se convirtió en una larga espera en mi mente, aunque fácticamente fue mucho más rápida de lo que yo pensaba.

En ese tiempo me convertí en la mano derecha —lo que se conoce como la **segunda en mando**— de la entonces Fiscal de Distrito en Carolina. Ella es una persona a quien quiero y admiro mucho, y quien me enseñó las bases para convertirme en fiscal supervisora en su momento. Siempre le agradeceré por la oportunidad y la confianza que me brindó en un momento tan difícil en mi vida. Recuerdo que me hizo la oferta días antes de perder al bebé, y tuve que decirle que estaba encantada de hacerlo, pero que si no podía esperar a mi regreso del aborto lo entendería. Ella, con la dulzura que la caracteriza, me contestó: —**"No hay ningún problema, tómate tu tiempo."**

Entre silencios y máscaras

Recuerdo que ya no sentía miedo, como mencioné antes, y que el hecho de que mi esposo prestara declaración —sin yo pedírselo— me brindó cierto alivio como hermana y como esposa. Sé que fue una declaración larga y de la que hablaremos posteriormente.

Consideramos irnos del país, pero no por miedo, sino para comenzar una vida nueva. Hasta visitamos el estado en el que vivo actualmente, para auscultar esa opción. Finalmente, decidimos esperar el proceso de Brenda, con la esperanza de que se esclareciera todo.

Mi mente no paraba de pensar ni de intentar entender qué había sucedido o de qué me había perdido, qué llevó a tan atroz acción a alguien tan querido y admirado por Brenda. Sin embargo, no era un tema que hablara con todo el mundo; lo compartía solo con personas de mi confianza, intentando atar cabos en este suceso tan doloroso.

Precisamente el mantener silencio ante los demás era un mecanismo de defensa para que no entraran en mi vida, lo que provocaba que ellos no pudieran comprender todo lo que había pasado, lo que había vivido y lo que seguía enfrentando día a día.

En aquel momento no me di cuenta de cuán deprimida estaba. Sin recibir ningún tipo de ayuda psicológica o emocional, como ocurre con muchas víctimas de crímenes, comencé a trabajar rápidamente. Me refugié en el trabajo para mantener la calma y no pensar tanto. Me proyectaba como una mujer fuerte y seria. Tendía a estar distante del grupo en general, y fue un largo proceso que propició cambios en mi ser.

El que no me conocía, no me entendía, porque hay dolores que no se explican: hay que vivirlos para comprenderlos. No conocían el lazo tan fuerte entre nosotras, ese vínculo que me desgarraba el alma con cada recuerdo.

La carga de la exposición pública

Reconozco que me sentía avergonzada y despojada de mi intimidad. Al haberse convertido en un caso mediático, todo Puerto Rico conoció mis creencias religiosas y otros detalles de nuestra intimidad, como familia y como hermanas. Comentarios en programas sensacionalistas tampoco ayudaban.

Yo, que fui criada en un ambiente donde las apariencias eran muy importantes y donde no se debía dar a otros de qué hablar, tuve que aprender a tirar piel dura. Creo que me costaba hasta sonreír; levantaba una pared para evitar cualquier comentario o situación.

No obstante, el apoyo que recibí de muchas personas en general me sorprendió. Se me acercaban a decirme que sus familias también creían en la santería y/o palería, que entendían la dinámica, y que no me preocupara por el qué dirán, pues lo ocurrido no era merecido. Lo curioso era que muy pocos me decían que ellos mismos practicaban: hablaban de sus abuelos, de alguien más, pero no de ellos. Al igual que yo, no deseaban ser identificados por los prejuicios de la sociedad.

La realidad es que recibí muchas muestras de amor y solidaridad. Solo en una ocasión, en mi presencia, escuché a alguien dar una opinión no pedida y totalmente desacertada. Sé que a mi espalda hubo quienes pensaron que lo que le pasó a Brenda fue **"buscado", pero nadie busca la muerte, y menos de esa manera. Que se haya equivocado en su juicio, conducida por su fe, no la hacía menos valiosa, ni menos inteligente, ni menos digna de justicia.**

Hoy entiendo que aquella vergüenza que sentía no era porque hubiera hecho algo malo. Era una reacción natural, común en quienes sufren pérdidas violentas y son expuestos públicamente. La vergüenza nace de muchos lugares: del estigma social hacia ciertas creencias, de haber perdido la privacidad, de la crianza que me enseñó a cuidar siempre las apariencias y, sobre todo, del trauma mismo, que te hace sentir que la tragedia te marca aunque no hayas tenido culpa alguna.

Es parte de lo que llaman el *síndrome del sobreviviente*[20]. Con el tiempo comprendí que no era mi vergüenza: era la carga del dolor y del señalamiento injusto que llevaba encima.

Palabras de aliento

Recuerdo que le dije a un gran amigo fiscal —a quien siempre estaré agradecida por haberse convertido en uno de los fiscales a cargo del caso y lucharlo— que ya yo había vivido mucho, que había tenido muchas experiencias difíciles desde joven y que no me importaba si me pasaba algo. Pero le confesé:
—**"Lo que no quiero es dejar a mi hija sola."**

Él me señaló eufóricamente:
—**"Debes de tener un sufrimiento profundo para pensar de esa manera. Te falta mucho por vivir, y tu nena te dará muchas alegrías… no imaginas todo lo que falta."**

Esas palabras se grabaron en mi mente, y todavía las recuerdo. Definitivamente no se equivocó. **Esto es prueba de que al final del túnel siempre brilla la luz.**

La llamada esperada

Durante el mes de **junio de 2011** recibí la esperada llamada: el Padrino había sido ubicado en **New Haven, Connecticut.** Desde el estado de la Florida, había viajado hasta esa área en vehículo, aparentemente para no levantar sospechas y evadir la orden de arresto registrada en el sistema.

Como todo lo hacía difícil, no renunció a su vista de extradición. El **13 de junio de 2012** se celebró esa vista y posteriormente fue traído a Puerto Rico.

Desconozco los pormenores de la intervención, pero sí conozco lo que sintió mi corazón: **felicidad, esperanza, ilusión y entusiasmo, acompañados de miedo** por lo que pudiera descubrir y por el proceso que se avecinaba. Un proceso donde nuestra intimidad volvería a ser expuesta y donde se tocarían heridas que aún no habían sanado, pero que ya no ardían como en un principio

Era como ver al horizonte iluminarse tras una tormenta: la luz traía esperanza, pero también dejaba al descubierto mis heridas, aún abiertas, aún sangrantes. **No había cicatrices, no había sanación: solo carne viva expuesta al aire frío de la realidad.** Cada paso hacia la justicia era también un desgarro, una nueva punzada que me recordaba lo mucho que había perdido.

Me sentía dividida entre el alivio de saber que al fin se acercaba el momento de enfrentar al culpable y el peso insoportable de caminar con el alma rota, obligada a revivir una y otra vez aquel dolor que no daba tregua. La justicia parecía próxima, pero mi corazón seguía sangrando, como si no hubiese horizonte suficiente para contener tanta herida.

Así éramos: inseparables, auténticas, eternas.

Notas al pie

18. **Albergue de Testigos:** Lugar de protección que busca salvaguardar la vida de testigos y sus familias cuando están en riesgo por colaborar en investigaciones criminales. En Puerto Rico, sus recursos han sido limitados, lo que hace que muchas familias no vean viable depender de él a largo plazo.

19. **Experiencia cercana a la muerte (ECM):** En psicología y medicina, se describe como una vivencia subjetiva que ocurre en situaciones de riesgo vital inminente, como paro cardíaco, trauma grave o estados cercanos a la inconsciencia profunda. Quienes la experimentan suelen relatar sensaciones de separación del cuerpo, tránsito a través de túneles de luz, encuentro con voces o seres, y una paz intensa. Aunque no hay consenso absoluto sobre su origen, han sido ampliamente documentadas en la literatura científica como experiencias transformadoras que alteran la percepción de la vida y la muerte. (*American Psychiatric Association, (2013)*.

20. **Síndrome del sobreviviente:** Término utilizado en psicología para describir la culpa, vergüenza o ansiedad que experimentan las personas que sobreviven a una tragedia mientras otros no lo hacen. Puede manifestarse en pensamientos como "¿por qué yo sigo aquí y ellos no?", así como en sentimientos de exposición, vulnerabilidad y responsabilidad, aun cuando la persona no haya tenido culpa alguna. (American Psychological Association (APA).

Brenda, mujer de fuerza y luz, siempre presente en nuestra memoria.

Capítulo 9
La Máscara Caída

Entre la justicia y la herida abierta

Hay momentos en la vida que parecen eternos, aunque en realidad duren apenas minutos. Son instantes en los que la respiración se agita, los recuerdos pesan y la piel se estremece porque sabemos que nada volverá a ser igual. Así fue para mí la primera vez que enfrenté en sala a quien había traicionado nuestra confianza y destrozado nuestras vidas. Ya no era la fiscal observando desde la seguridad de su rol, sino la hermana de la víctima, desnuda en su dolor, forzada a ver de **frente al verdugo** que hasta entonces **había llamado "Padrino"**.

El rostro en las noticias

Ver en las noticias en vivo el rostro de Manolo cuando lo extraditaron por el caso de apropiación ilegal fue impresionante después de la última vez que nos habíamos visto. Sus ojos no parpadeaban y su rostro estaba tenso, sin mediar palabra, aun cuando los periodistas le hacían preguntas relacionadas con su participación en el caso de la tasadora **Brendalí Sierra Ramos.** Él caminaba con paso firme, mirando hacia adelante **sin ninguna vergüenza** ante lo que sucedía.

Esos días fueron difíciles y tortuosos, porque todos en la familia queríamos saber qué había pasado con Brenda y el motivo de su atroz crimen. La espera nos mataba, pero todos nos mantuvimos sin presionar a los agentes y a mis compañeros fiscales. No niego que fue difícil no cruzar la línea, pero lo hice y mantuve la distancia necesaria. Todos mantuvimos la calma ante la incertidumbre y esa desesperante espera.

Una Regla 6 diferente

Después de investigar y entrevistarlo a él y a otros testigos, los agentes decidieron citarnos para comparecer a la **vista de Regla 6²¹.** Ya nos habían adelantado que tanto él como MacGyver estaban envueltos en el asesinato de mi hermana y que se le radicarían cargos a Manolo con su confesión.

Ese día se me hizo eterno. Por primera vez estaba en una Regla 6 **no como fiscal, sino como hermana de la víctima.** Hasta entonces, solo había estado en esas salas trabajando, pero ahora el escenario era distinto: estaba del otro lado. Sentía que el juez se tardaba una eternidad en leer los documentos; la ansiedad me quemaba por dentro. Miraba la cara de Manolo, pero él solo miraba al piso, y de vez en cuando al juez. Conmigo se comportó como si nunca me hubiera visto, como si no me conociera. Estaba en **estado de conmoción profunda,** al verlo convertido en alguien totalmente distinto al que yo había conocido. **Ya no era el guía espiritual con quien compartimos tantos momentos: se había quitado la máscara y nos mostró lo que realmente era.**

Mi exesposo disimuló, pero sé que lo sucedido también lo afectó. Si alguien confió en él al punto de poner en riesgo su integridad como persona, esposo y cuñado, por el cariño, admiración y aprecio que le tenía, fue él.

El momento inesperado

El día de la Regla 6 fue épico. Mientras esperábamos, los agentes lo sentaron frente a mí, con su uniforme azul de la institución carcelaria de máxima seguridad y esposado. Yo estaba sentada junto a mi exesposo. **Él no nos dio la cara.** Esa fue la única ocasión en que no se atrevió ni a levantar los ojos. Se quedó mirando al suelo todo el tiempo.

Yo sentía coraje, pero los nervios me traicionaban. Alguien que nos acompañaba decía que me veía riéndome mucho. Realmente lo hacía de manera sarcástica, para evitar que se me saliera la rabia y lo agrediera. Miento si digo que no se me pasó por la mente darle una bofetada por lo que le hizo a Brenda, a mi esposo y a mí, por la manera en la que jugó con nuestros sentimientos y cómo se había burlado.

Le decía a mi exesposo, en un tono bajo pero suficiente para que él me escuchara:
—**"Este es el Padrino de la religión, el que tanto nosotros confiamos y protegimos..."**

Y me reía. Él ni me miraba ni pestañeaba.

La sorpresa del acusado

La vista se sometió por el expediente, lo que significa que solo se utilizaron las declaraciones juradas, las cuales el juez lee en silencio. No pude conocer los detalles de lo sucedido. Manolo no tenía abogado que lo acompañara y en ningún momento me miró. Yo me mantuve lejos.

El juez encontró causa para comenzar con el proceso y pasar a la Vista Preliminar[22]. Encontró causa en contra de **José Manuel Rodríguez Rodríguez, conocido como Manolo y "Manolo el Brujo",** a la edad de 56 años, por los cargos de asesinato en primer grado, conspiración, destrucción de evidencia y violación a la Ley de Armas.

En ese momento, Manolo levantó su mano. El juez le preguntó qué deseaba, y él respondió que si podía hablar. **Mi corazón saltó de emoción,** porque pensé que pediría disculpas por lo que había hecho, por el dolor que nos causó a todos al privarnos de Brenda y por el engaño al que nos sometió.

Nada más lejos de la realidad. Se atrevió a decirle al juez:
—**"Yo no puedo regresar a ese lugar, porque mi vida corre peligro. Yo menciono en mi declaración a una persona peligrosa (refiriéndose a MacGyver) y, por chota, me pueden matar."**

Cuando levantó la mano para hablar, pensé que pediría perdón. **Como fiscal había asistido a decenas de Regla 6 en casos de asesinato,** y mi experiencia siempre había sido la misma: cuando un imputado alzaba la mano, era para expresar arrepentimiento. **Jamás, en toda mi carrera, había estado en una Regla 6 en la que un sospechoso tuviera el atrevimiento de pedir protección al juez.**

Me quedé en una pieza, con ganas de saltar hasta donde él estaba y gritarle: **¿Y la vida de Brenda qué? ¿Cómo te atreves a exigir protección después de lo que hiciste?**

Pero no lo hice. Me invadió la pena al darme cuenta del ser humano con el cual habíamos compartido como guía espiritual. En mi rostro se podía notar la tristeza de pensar que Brenda había hecho tanto por alguien a quien, en aquel momento, consideraba despreciable.

Honestamente, la fe es lo último que se pierde, y todavía hasta ese momento pensaba que podía existir una fibra de decencia y de sentimiento en ese ser humano. Pero me equivoqué. **Y eso me dolía tanto...**

La calma en medio del dolor

En las semanas siguientes nos fuimos enterando de más detalles y situaciones. Era como vivir una película de suspenso, donde cada revelación llegaba por partes. En esa película, todos éramos protagonistas.

Recibí mucho apoyo de la gente en general. Todos estaban contentos de que mi hermana tuviera la oportunidad de que se le hiciera justicia. No hablo solo de mis compañeros, sino también de personas extrañas que, al reconocer mi apellido, me deseaban suerte. Fue hermoso sentir que, en general, la humanidad prevalecía. Ese apoyo me inspiraba a no dejar de creer en la bondad del ser humano.

La Vista Preliminar

La Vista Preliminar del caso comenzó casi a finales de septiembre. Hubo dos audiencias, y a mediados de octubre el juez encontró causa para juicio en contra del Padrino, Manolo, por todos los cargos que se habían presentado en su contra en Regla 6.

Como mi exesposo figuraba como testigo de la fiscalía para el juicio, le estaba prohibido estar presente, y yo opté por no asistir para evitar conflictos con la defensa.

Nuevamente, la prensa expuso nuestras creencias e intimidades familiares. **Mi piel en carne viva comenzó a sangrar nuevamente.** Sentí felicidad al enterarme de que hubo causa, pero también tristeza porque me quedaba nuevamente al desnudo, al ver cómo se difundían detalles que nadie me preguntó si se podían exponer.

Aun así, mantuvimos la calma y tratamos de no pensar en lo que nos esperaba en el juicio. Sabía que tendría que encontrarme nuevamente con ese rostro que representaba la traición y el lado oscuro de la humanidad.

Un año sin Brenda

Durante ese mes, se celebró una misa a mi hermana por haber cumplido un año de fallecida. Recién a su muerte, sus amistades también le habían celebrado una misa y un reconocimiento a su vida con fotografías.

Debido a la pérdida de mi bebé, no pude asistir en aquel momento. Esta vez sí estuve presente, junto a amistades que teníamos en común, para rezar por ella y por su descanso.

Un sueño distinto

Posterior a esos días, tuve otro sueño con ella. Ese día estaba muy triste, y le decía que la extrañaba mucho, que quería verla y hablar con ella, que había sido mi mejor amiga y que me hacía demasiada falta.

Al quedarme dormida, sentí que mi espíritu comenzaba a viajar. Llegué a lo que parecía un monasterio, por la forma de la estructura, con paredes de madera y camas en distintas habitaciones. Mi espíritu volaba por los pasillos solitarios hasta llegar a un cuarto donde ella estaba, sentada en una cama, mirando por la ventana hacia un jardín.

Tenía una bata con capucha plateada. No podía verle la cara, pero sabía que era ella. De repente, se puso de pie, a cierta distancia de mí. Yo empecé a llorar fuertemente, desesperada. Mis gritos retumbaban como ecos.

Ella no se movía; solo me miraba. Su rostro parecía una proyección de película: su pelo largo, más oscuro y abundante, su cara lisa. **Era una bella imagen, pero distante.**

Yo le gritaba, entre lágrimas:
—**"Espero que estés bien y que te estén tratando bien, porque tú te mereces lo mejor de lo mejor."**

Ella sonrió, como yo la recordaba, al escuchar esas palabras. También le dije:
—**"Tú estás mejor que yo."**

En telepatía me respondió:
—**"Bueno, yo estoy en mi proceso. Me estoy adaptando y aprendiendo, porque no me esperaba esto."**

Yo me acosté en una de las camas, y su espíritu flotó encima de mí, pegado al techo. Con su comunicación telepática intentó tranquilizarme, pero lo hizo de manera sosegada y fría, sin contacto físico. Después de transmitirme pensamientos bonitos, su espíritu se desvaneció en el aire (Psiciología transpersonal[23]).

Volví a caer en mi cama, pero esta vez llorando. Desperté al papá de mi hija y, entre lágrimas, le dije que Brenda ya no me quería, que estaba distante, que no quería volver a soñar con ella porque no me gustó cómo me trató.

Él me respondió que, por lo que narraba, parecía estar en un plano más elevado, donde las emociones no se sienten como en la tierra. Eso no significaba que no me amara, y más cuando había aparecido justamente por mi tristeza.

Quedé con un sinsabor por varios días, pero luego comprendí que tenía razón: lo importante era hacerle justicia en la tierra.

Lo que ocurrió en esa vista fue solo el inicio de un camino aún más doloroso. La causa se había encontrado, pero lo que vendría después sería aún más desafiante: la exposición pública, las audiencias interminables y, finalmente, el juicio. La justicia comenzaba a abrirse paso, pero con ella también se abrían de nuevo las heridas, todavía frescas y sangrantes.

Momentos de un crucero que se hicieron eternos en la memoria.

Notas al pie

21.**Regla 6:** Procedimiento en el sistema de justicia penal de Puerto Rico que establece la **determinación de causa para arresto.** El juez examina las declaraciones juradas y la evidencia inicial para decidir si procede someter cargos criminales. *(Reglas de Procedimiento Criminal de Puerto Rico, Regla 6).*

22. **Vista Preliminar:** Etapa procesal en el sistema judicial de Puerto Rico donde un juez determina si existe causa probable para creer que se cometió un delito y que la persona acusada lo cometió. A diferencia de la Regla 6 —que inicia la acción criminal— en la Vista Preliminar la fiscalía presenta evidencia y testigos, y el acusado puede tener representación legal para contrainterrogar. Si se encuentra causa, el caso pasa a juicio. (Reglas de Procedimiento Criminal de Puerto Rico, Regla 23).

23. **Psicología transpersonal:** Rama de la psicología que estudia las experiencias místicas, espirituales y trascendentes. Plantea que los sueños, visiones y vivencias cercanas a la muerte pueden reflejar estados elevados de conciencia. *(Shambhala, 2000).*

PARTE IV
Justicia y Renacimiento

Celebrando la vida de Brenda, sin imaginar lo que nos deparaba el destino

Capítulo 10
El Juicio

Entre la Búsqueda de Justicia y el Dolor de la Ausencia

Noviembre de 2012 marcó el inicio del juicio más doloroso de mi vida. Durante meses, desde las bancas del tribunal, tuve que escuchar cómo se reconstruía, una y otra vez, la historia de la muerte de mi hermana. Cada testimonio era un recordatorio desgarrador de su ausencia; en cada palabra sentía que la mataban de nuevo.

No estaba allí como fiscal—aunque mi formación legal me acompañaba --, sino como hermana y víctima indirecta, obligada a sostenerse en medio del abismo. Mi padre y yo éramos los únicos de la familia presentes en aquella sala: él, con su silencio resignado, y yo, con el corazón dividido entre la rabia, la impotencia y la necesidad de aparentar fortaleza para no quebrarme frente a todos.

Así comenzó el juicio, no solo contra su asesino, sino también contra el dolor que intentaba arrebatarme la voz.

La dinámica del juicio

Alrededor de noviembre de 2012 y hasta junio de 2013 estuve envuelta en todo lo relacionado con el juicio por jurado que se celebraría por el caso de Brenda. La dinámica de ser una fiscal y, a la vez, víctima de un delito de asesinato fue complicada, difícil, dolorosa, pero también cargada de enseñanzas para mi carácter personal y profesional.

Asistí a todos los procesos que pude, incluyendo reuniones en la fiscalía de Bayamón y conferencias previas al juicio, porque sabía que la única representación de una víctima de asesinato en los procesos son sus familiares.

Era mi momento de aplicar toda la experiencia adquirida como fiscal. Ejercí esa función durante catorce (14) años de mi vida y, cuando asesinaron a Brenda, ya llevaba ocho en el cargo. Tenía que hacer todo lo que le indicaba a mis víctimas, pero ahora por Brenda, para que ella se sintiera feliz y orgullosa de su representación en la tierra.

En ese tiempo ya había asumido el puesto de supervisora en la fiscalía. Como las audiencias del caso se celebraban en la tarde, logré hacer el arreglo de llegar más temprano a trabajar en las mañanas y continuar con mis labores después de las vistas. Decidí acudir a la mayor cantidad de audiencias posible y sentarme siempre en primera fila, impecable.

La importancia de la presencia

Recuerdo escuchar, de lejos, a dos jurados suplentes —cuando ya las habían excusado del proceso y yo me dirigía al baño— que decían que yo tenía que ser la hermana de Brenda porque era igualita, bonita, con la misma cara que ella y que siempre estaba muy bien vestida. Aunque me hice la que no escuché para evitar cualquier situación, esas palabras me hicieron muy feliz porque validaban mi cometido: que vieran a Brenda en mí.

En eso estriba la importancia de los familiares en un caso de asesinato, donde la víctima no está presente y se encuentra varios pies bajo tierra. Un caso sin familiares en sala es como un caso sin voz, como si la víctima muriera dos veces: en el hecho y en el olvido.

Mi padre me acompañó en casi todas las audiencias, lo que ayudó a mejorar nuestra relación tras lo sucedido en años pasados. Si yo no podía ir, él iba. Siempre nos aseguramos de que alguno de los dos estuviera presente representando a Brenda. Tal como aconsejaba a mis víctimas, yo quería que el jurado sintiera, con mi sola presencia, el amor y la pena que cargaba por la pérdida de Brenda.

Recuerdo jurados que me miraban fijamente cuando entraba, si ya la vista había comenzado, o en los momentos de testimonios delicados. Es algo típico: los jurados no solo estudian el caso, también observan a los familiares, cómo se comportan, cómo se visten y cómo se sostienen en medio de todo.

También estuve rodeada de compañeros fiscales que entraban a la sala solo para acompañarme. Cada día, sin importar la hora, siempre aparecía alguno: a veces ya estaban allí cuando llegaba, otras veces llegaban más tarde, pero nunca me dejaron sola. Esa presencia constante del Ministerio Público me hacía sentir realmente afortunada.

Y no solo eran ellos. También había personas que no trabajaban en la fiscalía, pero que, al conocernos, se acercaban a mostrar su apoyo. A esto se sumaban amistades en común y amistades mías, que tampoco faltaron. Todos, de una forma u otra, buscaban acompañarnos y sostenernos en medio de aquel dolor.

El cumpleaños en el tribunal

El cumpleaños número 40 de Brenda era el 24 de abril, y ese año 2013 lo pasamos en la sala del tribunal. Ese día mi papá estuvo presente. La periodista que cubría el caso desde el inicio hasta el final, al enterarse de la fecha, nos entrevistó y tuvo la empatía y la delicadeza de escribir sobre las cualidades de Brenda. La noticia, junto con el resumen de lo ocurrido en sala, llevó por título: **"Familia de Brendalí recuerda su cumpleaños" (Primera Hora, 24 de abril de 2013)**. Ese gesto nos ayudó a sobrellevar el proceso en un día tan duro.

Cito lo que escribió entonces:
"Pese a que durante los trabajos del día Yanira lució triste y como que aguantaba las lágrimas, un brillo intenso iluminó sus ojos cuando habló de su hermana. 'Ella decía que bailar te alimentaba el espíritu', comentó entre risas."

Un respiro inesperado

Uno de los pocos instantes en que sentí un extraño alivio fue cuando, al salir a la sala, antes de que comenzara el juicio, Manolo tropezó y estuvo a punto de golpearse la frente contra la pared. El estruendo de sus manos chocando para evitar la caída retumbó en la sala. Sin poder contenerme, se me escapó una carcajada. Por un segundo, nuestras miradas se cruzaron.

En silencio pensé: **qué pena que no llegaste a darte contra la pared.** Fue como si mi rabia, contenida tantas veces, encontrara una rendija por donde manifestarse. Ese tropiezo fue lo más cerca que lo vi del suelo que tanto merecía.

El peso de las imágenes

Ese mismo día había llegado a la sala 704, presidida por la jueza Vivian Duriex Rodríguez, del Tribunal de Bayamón, y me había sentado como de costumbre en el banco delantero. Los fiscales estaban preocupados por mí. Sabían del amor profundo entre Brenda y yo, y temían cómo me afectaría ver las fotos del cadáver en escena o las de patología. Fotografías que nunca tuve el valor de mirar, aunque en mi carrera había visto miles de fotos de occisos.

Uno de los fiscales, con quien tenía más confianza, se me acercó para advertirme que estaban por mostrar las fotografías de Brenda. Me recomendó que saliera un

> En ocasiones, tenemos que darnos una pausa... y continuar.

momento de la sala. Aunque yo no quería perderme ningún detalle de la investigación ni del caso, entendí que era lo mejor para mi salud mental y emocional.

Pensé: **"Tiene razón, es mejor que tome una pausa en este proceso para recargar y poder continuar hasta el final. Excederme podría sacarme de esta carrera que es larga y necesita de mi presencia en representación de la víctima."**

La Patóloga y el dolor de su testimonio

Para el testimonio de la Patóloga, ya tenía más fuerza emocional por la pausa que tomé ante las fotografías de la escena. Pensaba que no debía afectarme, porque conocía ese testimonio. Incluso recordaba que, en mi desconcierto, había llegado a darle las gracias al asesino, Manolo, por la muerte "sin dolor" de mi hermana, creyendo que había sido un disparo instantáneo.

Aun así, fue impresionante verla entrar a la sala y acercarse a la silla de testigos. La Patóloga me reconoció —habíamos trabajado otros casos juntas— y me sonrió con empatía. Esa sonrisa fue un golpe inesperado: entendí de inmediato que no estaba allí como mi aliada profesional, sino como perita de la fiscalía. Esta vez yo no era su colega: era la hermana de la víctima. Por primera vez asumía el rol de víctima en una sala de tribunal.

Posteriormente, ella me dio el pésame.

Según lo evaluado por la Patóloga, el cuerpo apareció ese fatídico 8 de septiembre alrededor de las 5:12 p. m. y llegó al Instituto de Ciencias Forenses en la madrugada del 9 de septiembre de 2011. Declaró que presentaba moretones en los muslos y en las piernas —parte anterior, posterior y lateral—. "Esos golpes son coetáneos al evento", explicó ante el jurado, aunque a preguntas de la abogada reconoció que no podía descartar que se hubieran producido ese mismo día, antes de llegar al sector Tío Mito.

También indicó que en las muestras tomadas de las uñas de mi hermana solo se encontró su propio ADN. Eso descartaba un forcejeo con sus manos y, sobre todo, una agresión sexual. Ese detalle me perturbó mucho cuando encontraron su cuerpo, pero gracias a Dios fue descartado, porque hubiera sido aún más desgarrador.

El testimonio fue extenso. Mi corazón palpitaba con nervios y ansiedad mientras la escuchaba. La Patóloga declaró que mi hermana murió por un disparo "de contacto", a quemarropa, que entró por la parte posterior de su cabeza. El proyectil viajó de izquierda a derecha y de abajo hacia arriba. Explicó que Brenda pudo haber estado inclinada, en cuclillas o subiendo o descendiendo la pendiente donde apareció su cuerpo.

La defensa insistió en desvirtuar la teoría de que estuviera arrodillada o en cuclillas, porque esa postura confirmaba que Brenda estaba enterrando la famosa piedra colocada en la bolsa. Piedra que el acusado nos dijo que le entregó con la excusa de tirarla al monte y sin necesidad de detenerse en ningún lado. Como argumento, señalaron que el cuerpo no fue encontrado en cuclillas, sino boca arriba, con dos botones de su blusa a un lado.

En medio de su explicación de la testigo, algo inesperado me descompensó: lágrimas comenzaron a correr por mis ojos. Hasta la periodista que cubría el caso, y que asistía diariamente, lo notó. Tan pronto terminó el testimonio salí corriendo al baño a llorar con más fuerza.

La Patóloga apuntó que mi hermana pudo haberse movido del lugar, y que la concentración de sangre en la parte trasera de su blusa abonaba a esa teoría. También planteó que los botones encontrados a su lado pudieron haberse desprendido al intentar respirar, porque con ese disparo no se muere al instante. Hay un breve lapso en el que la persona se asfixia, desesperada por lo que le ocurre al cuerpo y la impotencia de no poder hacer nada.

En voz baja susurré: **"Así que no murió al instante…"**
Como en una película de terror, la imaginé en el barranco —el que nunca pude ver porque no fui a la escena y era un lugar difícil de accesar —, arrodillada, recibiendo el disparo a traición y comenzando a asfixiarse.

La imaginé arrancándose los botones mientras intentaba entender qué le pasaba, apagándose poco a poco. Esa imagen me descompuso por completo: el dolor de saber que sufrió, que fue traicionada, y que todo vino de alguien a quien ella admiraba y protegía.

Otra teoría era que la habían movido, pero nada de eso me importaba. Lo que me aterrorizaba era saber que no murió al instante, que sufrió y no pudo hacer nada. Esa traición era imperdonable. Por un momento pensé en cruzar hasta donde estaba Manolo y agredirlo hasta el cansancio. Pero mi mente fue más fuerte: salí corriendo a calmarme. No podía arriesgarme a hacer algo que pusiera en peligro el proceso judicial. Lo más importante era hacerle justicia a mi hermana, no mi desahogo personal.

Mientras tanto, él observaba tranquilo, escuchaba el testimonio, y hasta se inclinaba hacia su abogada para hacer comentarios. Lucía incapaz de un acto atroz. Verlo así —sereno, como si nada— me desgarraba aún más: **usó la fe y las creencias de alguien para engañarla y dispararle por la espalda. ¡Qué horror!**

El testimonio de mi exesposo

Llegó el día que tanto miedo me daba: el testimonio del papá de mi nena. Mi corazón se aceleró porque sabía que iba a ser un momento muy difícil, tanto para él como para mí, y que la defensa, como parte de su trabajo, buscaría sacarlo de su centro. Era la primera vez que se sentaba en la silla de testigos, y de qué manera: en un caso de asesinato, y siendo la víctima su cuñada, con la que había compartido tantas experiencias importantes de su vida.

En el pasado, antes de que naciera mi hija, cuando nosotras compartíamos más, él fungía como apoyo y hasta la asesoraba en asuntos de trabajo. Si yo no la podía acompañar a algún lugar, él iba por mi.

Recuerdo un almuerzo en el que Brenda recibiría un reconocimiento. A petición mía, él fue con ella porque yo no podía estar presente, y Brenda se sintió feliz de no estar sola.

Usualmente era una persona a la que le costaba llorar. Era callado y hablaba en un tono de voz bajo. Muchas veces yo le pedía que alzara la voz porque no lo escuchaba, y él se reía. No era alguien que le brindara confianza a todo el mundo, pero al igual que nosotras, se la brindó a este señor, incluso más que yo. Eso muestra cuánta admiración y cariño le tenía, y lo herido que podía estar al descubrir la traición.

Ante el jurado, en un principio, no mostraba mucha emoción. Pero yo lo conocía bien: me percaté de cómo temblaban sus manos y de cómo sus ojos miraban con rabia contenida al acusado desde la silla de los testigos. Para mi sorpresa, podía escuchar su voz clara y firme durante el testimonio, lo que me corroboraba su molestia e indignación.

En los casos criminales es clave identificar al acusado. Si el acusado no es identificado por un testigo, eso puede afectar una convicción dependiendo de las circunstancias. Lo usual es que, cuando se le pregunta al testigo, este señale o describa dónde está sentado el acusado. De repente, después de varias preguntas, cuando le preguntaron si sabía dónde estaba, alzó la voz, lo señaló y dijo con fuerza:
"Sí, el tráfala ese que está sentado en esa mesa" (tráfala: término despectivo que significa estafador o persona sin palabra).

La defensa de inmediato exigió respeto para su cliente. Yo me paralicé y lo miré con los ojos bien abiertos. Aunque esa palabra —y muchas más— eran merecidas, en el tribunal hay que mostrar respeto. Aunque como abogada comprendo los procedimientos, reconozco que es paradójico para una víctima el que se espere que trate con respeto al que le ha hecho el peor de los daños.

Cuando la abogada de defensa pidió respeto, vi cómo el acusado miraba de lado a mi exesposo y esbozaba una mueca burlona, casi sarcástica. Aunque ella tenía razón, respirar profundo fue mi única salida para no decir algo impropio y caer en desacato. Además, tenía que mantenerlo a él en calma ante la tempestad.

Mi exesposo, como testigo clave en el juicio, declaró el 3 de mayo que fue a través de Manolo que se enteró de la desaparición de Brenda. Contó que el acusado le dijo que la noche anterior ella había salido de su casa con la encomienda de tirar una piedra en la manigua o monte. No solo eso: le indicó que llamara a hospitales porque podía estar gravemente herida. Todo, mientras Brenda llevaba ya más de doce horas muerta por su plan macabro. Manolo incluso le dijo que había tenido una "visión" de que la sangre llegaba al río, lo que probablemente significaba que ella estaba herida. ¿Qué mente tan perversa puede orquestar algo así?

Sostuvo que a él nunca le pasó por la mente que su Padrino fuera el autor o estuviera vinculado con el crimen, precisamente por la cercanía que mantenía con Brenda. Afirmó que nunca dudó de él y que esa fue una de las razones por las que lo ayudó a buscar representación legal, cuando Manolo le pidió apoyo. Como me había dicho en la intimidad de nuestro hogar, él estaba en estado de "shock". A veces me confesaba que todavía la esperaba llegar y que no podía creer lo que había pasado.

El papá de mi nena también indicó que, en una ocasión, Manolo le había hablado de que Changó se la podía llevar. Él declaró que nunca le comentó eso a Brenda, solo a mí. La verdad es que ambos estábamos presentes cuando lo dijo, pero jamás imaginamos que algo así pudiera pasar. En nuestra mente no cabía pensar que un santo pudiera ser usado para justificar semejante acto.

Más bien, pensábamos que era una exageración de su parte, motivada por el coraje que tenía contra ella y las supuestas faltas que le achacaba. No tuvimos ni la oportunidad de hablarlo con Brenda, porque en menos de cinco días de ese comentario se consumó la traición más grande.

Su declaración fue larguísima. Como parte de su trabajo la defensa buscaba sacarlo de su centro como yo temía y, en ocasiones, parecía querer inculparlo de alguna manera. Eso era algo que al acusado le encantaba hacer con los demás. Manolo intentó inculpar a otros antes de aceptar lo que había hecho. Incluso, la abogada de defensa le preguntó si había llorado en la "Ceremonia del Llanto", como insinuando que no había sufrido la pérdida de su cuñada. También, le cuestionó por qué le había buscado un abogado.

Escuchar su relato me estrujaba el corazón. Declaró que, el mismo día del asesinato, Manolo lo manipuló para que no fuera a su casa, diciéndole que en vez de visitarlo fuera a la playa a limpiarse con agua de mar y conectar con Yemayá. Todo era parte de la estrategia para sacarlo del camino y poder consumar el crimen.

Hubo un detalle en su testimonio que me desgarró profundamente. Durante esa época, mi exesposo no estaba generando mucho dinero. Manolo lo sabía, y aun así le pidió más de $400 para ir a los casinos a jugar, alegando que estaba deprimido por la muerte de Brenda. Ese dato lo desconocía, y escucharlo en la sala me partió el alma. ¿Cómo no vimos quién era realmente esta persona?

La defensa, como parte de su trabajo, incluso intentó usar una ceremonia espiritual que habíamos hecho para mi hija, con la intención de mostrar la "confianza" que teníamos en Manolo. Fue doloroso escuchar cómo algo tan íntimo y tan delicado se usaba en un juicio de asesinato. Me levanté de la silla descompensada. Recuerdo que el agente del caso me siguió y me dijo: **"Tranquila, eso es estrategia para sacarlos de carrera."** Sus palabras me tranquilizaron y regresé con la piel más dura, decidida a apoyar a mi exesposo y representar, como siempre, a mi hermana ante el jurado.

Toda la situación me producía bochorno por mi ceguera de aquel tiempo. Finalmente, el testimonio terminó con una frase que retumbó en toda la sala. A preguntas de fiscalía en el redirecto, el papá de mi nena contestó:
"No me cabía en la cabeza que una persona en la cual habíamos depositado nuestra confianza fuera instrumental en un acto tan atroz."

Ese cierre fue contundente.

Otros testimonios

Como leerán proximamente en el testimonio del agente, la historia de Manolo, el Padrino, para variar, estuvo plasmada de mentiras y manipulación. La fiscalía también tuvo que sentar a declarar al Padrino anterior de Brenda y a el Babalawo, con el fin de demostrar que la primera versión de Manolo era falsa. El Padrino anterior de Brenda relató cómo, en el pasado, Manolo había intentado envolverlo en un fraude bancario. Explicó además que, en el 2010, Manolo no solo volvió a aparecer en su vida, sino que incluso llegó a vivir en su casa.

La importancia de estos testimonios radica en que, al no hablar en su momento, terminaron viéndose involucrados. Ese silencio en torno a su pasado y acciones permitió que Manolo continuara con sus manipulaciones y, como consecuencia, ambos tuvieron que sentarse a declarar en un juicio por asesinato. Lamentablemente, el silencio aun sin hacerlo con intención también tiene consecuencias.

Además, declaró la persona que había sido escogida como madrina de Brenda en su coronación de santo.

Aunque su testimonio fue breve, fue impactante el que: nunca lo miró y aun cuando lo señaló en la sala para identificarlo, ella miraba hacia otro lado mientras él la miraba fijamente. Ella transmitió miedo y dolor.

Agente

El agente declaró que tuvo que utilizar una soga para bajar al lugar en el que se encontraba el cuerpo de Brenda. Los investigadores forenses también tuvieron que hacer lo mismo. Indicó que en la escena, en el sector Tío Mito del barrio Guaraguao en Bayamón, el 8 de septiembre de 2011, se encontró un velón blanco con una bolsa. Este velón apareció cerca de donde estaba su vehículo y, más de cuarenta pies abajo, junto al cuerpo se hallaron un moño de pelo color verde, dos botones de la ropa, un casquillo calibre 9 milímetros y una piedra dentro de un papel de estraza en un hueco. Brenda presentaba un impacto de bala en la cabeza.

El agente relató que el 12 de septiembre de 2011, día del entierro de Brenda, buscó a Manolo para entrevistarlo, ya que su número aparecía como la última llamada registrada en el celular de ella. Ese dato se lo había brindado yo para su informe, pues él había sido la última persona que la vio con vida. Además, el agente ya se había percatado de que era su padrino de religión, sin que yo se lo pidiera.

Manolo informó que Brenda iba todos los días a su casa a almorzar, que ella le ayudaba comprándole medicamentos y pagando la renta de su casa en la urbanización Santa Rosa. También dijo que el vehículo que él utilizaba estaba a nombre de ella.

Según relató, el 7 de septiembre ella fue a su casa con un caldo gallego y él le hizo una ceremonia de limpieza con una piedra como preparación para su coronación de santo. Le entregó una vela para que la dedicara a Yemayá al llegar a su casa, pues

Rompiendo el Silencio Luz después del Horror

ese día se celebraba su festividad. Luego de esa entrevista, el Padrino viajó a la Florida en octubre y le indicó al agente que regresaría rápido, pero no lo hizo.

El vehículo de Brenda fue recuperado en la residencia de su expareja —quien había sido su empleada—. Dentro se encontraron documentos de personas que le reclamaban a Manolo dinero que les debía. Luego se le radicaron cargos en ausencia por fraude y se emitió una orden de arresto en su contra. Con la debida diligencia, fue localizada en Connecticut y extraditado.

Al entrevistar nuevamente a Manolo el 27 de junio de 2012, el agente declaró que le leyó las advertencias de ley. Manolo le indicó que había conocido a Brenda en el 2010, en casa de su Padrino de Palería, quien era hijo de la esposa del Babalawo, siendo ella también su ahijada. Posteriormente, él pasó a ser su padrino.

Manolo contó que en el 2011 coincidió en una tienda de Bayamón con el anterior Padrino de Brenda. Según dijo, ese día le comentó que su padrastro, el Babalawo, necesitaba que buscara a alguien para asesinarla porque le debía un dinero que no podía pagar. Alegó que el Babalawo le pidió ayuda para contactar a MacGyver y que fuera él quien ejecutara el asesinato.

Como parte de su personalidad manipuladora, Manolo llegó a decir que estaba enfermo y arrepentido y que, por eso, declaraba "la verdad".

El agente advirtió discrepancias en ese testimonio. Posteriormente, durante un almuerzo, Manolo confesó que había mentido: ni el Babalawo **ni el Padrino anterior habían pedido la muerte de Brenda.** Admitió que tanto él como MacGyver planificaron el crimen, pues le adeudaban más de $40,000 y estaban cansados de que ella les cobrara.

117

Reconoció que implicó al Babalawo solo para hacer la historia más interesante y porque le tenía coraje.

La investigación del agente reveló, según la confesión de Manolo, que este le hizo creer a Brenda que le estaba realizando una limpieza espiritual con un otán (piedra de río), como parte de su próxima coronación de santo. Esa piedra fue depositada en una bolsa de papel de estraza. El plan era que ese día MacGyver la acompañara a depositarla en el lugar donde después fue hallada.

Otra persona conducía un carro detrás de Brenda sin que ella lo notara. Cámaras de seguridad captaron ese vehículo siguiéndola en distintos tramos de la carretera. Durante el trayecto, Manolo la llamó por teléfono para cerciorarse de que todo marchara según lo planificado. Esa fue la última llamada registrada en su celular.

Según su testimonio, Manolo alegó que no estuvo presente en el lugar de los hechos y que tenía como coartada a una ahijada que residía en su casa. Sin embargo, me informaron que esa ahijada nunca prestó declaración jurada y, pocos días después del asesinato me percaté que se fue de allí.

Esa noche Brenda estacionó la guagua en la carretera y bajó más de cuarenta pies hasta el sitio donde fue encontrada. Mientras cumplía la encomienda de su Padrino y se arrodillaba o ponía en cuclillas para depositar la piedra junto a una mata de plátanos, MacGyver se le acercó y le disparó en la cabeza.

Parte del plan incluía deshacerse de todo lo relacionado con la religión para desviar sospechas. Así que, al subir nuevamente, MacGyver rompió el cristal del vehículo, se llevó los collares religiosos de Brenda, los teléfonos y otras pertenencias. Probablemente en ese momento cayó el velón blanco hallado en la cuneta. La persona que aparentemente seguía el vehículo de Brenda recogió a MacGyver y se dirigieron a la casa de Manolo.

Posteriormente, otra persona llevó los teléfonos de Brenda a un negocio similar a una casa de empeño, donde fueron recuperados por el Agente. En ellos se comprobó que la última llamada recibida había sido la de Manolo.

Lo sucedido después de dejar ese cuerpo más de doce horas a la intemperie ya lo he relatado en capítulos anteriores. Y, aunque parezca irónico, agradezco que no tuvieran la malicia o la inteligencia de llevarse también el vehículo. De haberlo hecho, probablemente solo hubiésemos podido identificarla por la dentadura, o peor aún, quizás todavía estaría esperando el regreso de mi nena a casa, con esa sonrisa mágica capaz de mover el suelo en cualquier día difícil o cuando estaba disgustada con ella. Recuerdo cómo me decía sonriendo: **"Yayi, no te molestes, tú sabes cómo soy yo. Te quiero."**

Claro está, nunca sabremos con certeza qué sucedió realmente. La única prueba que desfiló en ese juicio fue la confesión de Manolo y sus corroboraciones. Siempre he pensado que había otros motivos no expuestos, y aún dudo si efectivamente él no estuvo presente.

La defensa solicitó la supresión de esas declaraciones incriminatorias, alegando que Manolo había hablado bajo engaño y con promesas de inmunidad del ministerio público. Los fiscales sostuvieron que no existió acuerdo alguno y que él declaró libre y voluntariamente.Sin embargo, la jueza declaró un **"No ha lugar"** a la petición de la defensa. Siempre hay que establecer que una persona que se incrimina lo hace libre y voluntariamente para que esa evidencia pueda ser utilizada en su contra y así lo determinó la jueza.

Para rebatir la evidencia, la defensa citó a varias personas y solo presentó a dos: la víctima de la apropiación ilegal en el caso que permitió la extradición de Manolo, y la exesposa de éste, quien había sido despedida por Brenda. Ninguno de esos testimonios tuvo efecto alguno en el resultado de este proceso.

La "Gallinita de los Huevos de Oro"

Finalmente les cuento otra situación que me encolerizó. Y aquí sí tuve que hablar y contenerme, porque a las víctimas, a los testigos y a la memoria de quienes han fallecido ¡se les respeta!

Dado el hecho de que, aparentemente, el Padrino se quedaba a cargo de la oficina de Brenda cuando ella viajaba; que ella le pagaba medicamentos, lo ayudaba con la renta; que el vehículo Suzuki estaba a nombre de ella y que incluso había sufragado una cuantía grande de dinero para la ceremonia de coronación de su santo, la defensa, como parte de su estrategia para exculparlo, sostuvo la teoría de que le resultaba más beneficioso que Brenda estuviera viva que muerta.

El agente investigador contestó que ella lo ayudaba por ser su guía espiritual, pero la defensa insistía una y otra vez en sembrar la idea de que a Manolo no le convenía su muerte.

En su afán de establecer ese punto ante el jurado, olvidando por completo la empatía y el respeto, se llegó al extremo de referirse a Brenda como **"la gallinita de los huevos de oro."** Aunque los fiscales objetaron de inmediato, el daño ya estaba hecho. Esa frase la reducía a un objeto de explotación, borrando con una sola línea su grandeza como profesional brillante, mujer generosa y hermana amada. Sentí que la mataban otra vez, esta vez con palabras.

Lo más indignante fue que esa expresión no solo quedó flotando en aquella sala, sino que fue recogida por la prensa. El periódico Primera Hora, en su edición del 2 de mayo de 2013, llevó como titular: **"Defensa de Manolo 'El Brujo' asegura que tasadora Brendalí Sierra era 'la gallinita de los huevos de oro'."** Ver esas palabras impresas, frías y en letras grandes, fue como una segunda puñalada: el eco público de una frase que jamás debió pronunciarse.

Mi coraje fue tan grande que, en el receso, me levanté y caminé directo hacia la abogada que lo dijo. Me incliné y, en voz baja pero firme, le solté:
—**"La gallinita de los huevos de oro tenía nombre y apellido. Y se respeta."**

Ella me miró, no con arrepentimiento, sino con molestia, como si yo fuera la ofensiva por reclamar. Esa mirada solo encendió más mi rabia. Salí corriendo de la sala antes de enredarme con ella, porque sabía que si me quedaba un segundo más, habría perdido el control.

En ese instante entendí que incluso en los tribunales, donde se supone que se busca justicia, la dignidad de una víctima puede ser ultrajada con palabras. Viví en carne propia lo que tantas víctimas denuncian: comentarios lanzados con toda la intención y la mala fe, sabiendo que son inadmisibles como evidencia por su carácter ofensivo, pero que aún objetados quedan grabados en la mente del jurado.

Una táctica que nunca entenderé, porque en mis casi 25 años como abogada y litigante jamás utilicé un recurso que llegara al punto de denigrar y ofender a alguien. Mucho menos a una persona que ya no puede defenderse. Porque a todos se les respeta, y más aún si se trata de la memoria de alguien que fue arrebatado de este mundo.

Ese día comprendí que la justicia no siempre se mide solo en veredictos, sino también en cómo se respeta —o se hiere— la memoria de quienes ya no están. Y decidí inmortalizar estas palabras en mi libro, porque sé que quedaron registradas no solo en la prensa, sino también en los archivos invisibles del universo. Que la historia recuerde que Brenda no fue una caricatura inventada para establecer una defensa: fue una mujer de carne y hueso, con nombre y apellido, cuya dignidad merece ser defendida más allá del tiempo y del silencio.

Capítulo 11
El Huracán y el Horror

Cuando la Justicia Habla

Lo que viví en aquel juicio fue un huracán y un horror.

Un huracán, porque arrasó con todo lo que yo era y lo que amaba, sin dejarme tiempo para prepararme ni para protegerme. Y un horror, porque no fue obra de la naturaleza, sino de la traición más perversa: alguien a quien le habíamos entregado confianza y cariño, planeó con frialdad la muerte de mi hermana.

El huracán destruye y deja ruinas; el horror se queda en la memoria, taladrando cada pensamiento. En la sala del tribunal, durante la espera del veredicto y la lectura de la sentencia, convivieron ambos: la devastación de lo perdido y el terror de descubrir, detalle a detalle, la magnitud de la traición.

Veredicto

Finalmente, llegó el día tan esperado por las víctimas de delito y sus familiares: el veredicto. Este es el resultado que se obtiene después de la deliberación de un jurado. Se retiran de la sala con la encomienda más importante de todo este proceso y con el corazón de las víctimas que desean justicia en sus manos. En ese momento son los protagonistas de todo lo ocurrido en sala, que en ocasiones se puede comparar con una obra de teatro.

Sentada en el banco como espectadora y como familiar de la víctima, observé todo el proceso de las instrucciones al jurado. Miraba sus caras mientras escuchaban con detención. Tenía la oportunidad de observar lo que no podía cuando era la fiscal a cargo de un juicio por jurado. La perspectiva y los sentimientos eran totalmente distintos.

Ellos se retiraron a deliberar y nosotros decidimos ir a un lugar cercano a comer mientras tanto. Esa es la espera que desespera. Según mi experiencia, usualmente cuando un jurado tarda en deliberar es porque no entiende o tiene dudas. Pero cuando llaman en poco tiempo, normalmente emiten un veredicto de culpabilidad.

Para nuestra sorpresa, poco después de haberse retirado a deliberar, nos avisaron que deseaban regresar a sala para escuchar parte del testimonio del agente investigador nuevamente. Eso nos brindó tensión, pero a la vez tranquilidad, porque significaba que se estaban tomando su tiempo y deseaban ser cuidadosos en su decisión.

A nuestro regreso, la sala estaba más llena de lo normal, con fiscales de distintas jurisdicciones —incluyendo la de Carolina (pueblo de PR), a quienes yo supervisaba en ese momento— que habían llegado para apoyarnos a nosotros y a sus compañeros fiscales que presentaron la prueba del caso. También, agentes de la policía de diferentes lugares, abogados de defensa, amistades en común y amistades mías se hicieron presentes. Eran tantos, que mi corazón saltaba de regocijo. Esa espera fue menos tortuosa gracias al apoyo emocional recibido. Fue muy ameno encontrarme incluso con personas con las que no hablaba hacía años y que decidieron estar allí ese día. Estaré infinitamente agradecida por sus muestras de cariño y por haberse convertido en nuestro sostén en aquellos momentos.

Posteriormente, volvieron a solicitar entrar, ya que deseaban escuchar la definición de asesinato en primer grado y la de destrucción de evidencia. Sentí el corazón en la garganta, pero también comprendí que deseaban estar seguros antes de encontrarlo culpable del asesinato que conlleva una pena de 99 años de cárcel. Al menos así lo percibí yo.

Al cabo de seis horas en total, el jurado entró a la sala con un veredicto en horas de la noche. Uno de los jurados que, en ocasiones anteriores, me miraba de lejos durante testimonios delicados, en esta ocasión me miró fijamente; percibí paz en su rostro. Cuando los jurados no miran a las víctimas ni a los fiscales, usualmente es porque han rendido un veredicto de no culpabilidad, como si se sintieran avergonzados por su decisión.

Una vez se sentaron, me percaté de que mi papá miraba de espaldas al acusado, quien estaba muy serio. Yo decidí tomarle la mano a mi exesposo y cerré los ojos para escuchar el veredicto.

El jurado, compuesto por nueve mujeres y tres hombres, **lo encontró culpable de asesinato en primer grado. La maldad de haber planificado y de haber entregado a Brendalí en bandeja de plata a su asesino —por la confianza, admiración y amor que ella le tenía— no había quedado impune.**

Al escuchar eso, no presté atención a nada más. Sentí que me volvía la vida al cuerpo, vida que había ido perdiendo con el horror y el huracán vivido. Sé que sonreí y abracé al padre de mi hija y a otros presentes. Para mí era suficiente ese veredicto. Escuché otros "no culpable", pero no importaba, porque el asesinato es el que conlleva la pena mayor.

Se escuchaban gritos de alegría en la sala. Para mis compañeros —lo sé por experiencia— era la maravillosa sensación de haber ganado la batalla. Yo, por primera vez, vivía como víctima este proceso y entendí aún más la importancia que adquiere un veredicto, especialmente de culpabilidad, para las víctimas y sus familiares. Sentí una sensación de libertad y la alegría de que se hubiera hecho justicia.

Después me informaron que también había sido encontrado culpable por el delito de conspiración, pero no por la Ley de Armas (el arma con la que mató a Brenda) ni por la destrucción de evidencia. Eso era de esperarse, ya que los jurados usualmente no entienden la figura jurídica de que una persona puede ser encontrada culpable de cargar y disparar un arma aunque no la haya tocado, si fue un acto en concierto y en común acuerdo, como sucedió en este caso. Lo mismo aplicaba con la evidencia, como los teléfonos y collares, que no fue él quien se los llevó, pero sí lo planificó.

Al salir de la sala, los periodistas de las noticias me entrevistaron sobre cuán satisfecha estaba con ese veredicto.

Expliqué esta situación y dije: **"Se hizo justicia." "Yo lo dije, que se iba a hacer." "Estoy tan agradecida de ese Padre Celestial." "Yo sé que ahora Brenda puede descansar en paz y eso es lo más importante."**

Yo no lloré de la alegría que sentía, aunque en la cámara mi rostro lucía solemne, con ojeras visibles y ojos brillosos. Apoyaba a mi padre con un abrazo de medio lado y besos, ya que él no podía hablar. Entre sollozos, solo dijo: **"Se hizo justicia."**

(Estas citas aparecen en el reportaje de Primera Hora online, titulado: Manolo "el Brujo" es declarado culpable por asesinato de Brendalí Sierra – **VÍDEO**, escrito por **Cynthia López Cabán**. El video que acompaña la nota fue preparado por **Pipo Reyes.**

Mientras caminaba hacia mi vehículo, poco a poco sentía paz, como si volviera a caer en tiempo. De repente me percaté de que mi teléfono tenía más de 50 mensajes de texto y seguían entrando, felicitándome porque se le había hecho justicia a mi hermana.

Recuerdo recibir uno del Jefe de Fiscales en aquel momento, con quien había tenido que desnudarme en muchas ocasiones para hablar de mis creencias y detalles en la casa religiosa. Decía que me felicitaba y que se le había hecho justicia a mi hermana. Ese mensaje me llenó de júbilo, porque confirmaba que todo lo que había pasado en esos meses no había sido en vano. Mi decisión de priorizar el caso de Brenda, incluso a costa de mi vida, había rendido frutos.

Sentencia

El 28 de junio, en horas de la mañana, mi padre y yo nos dimos cita por última vez en la sala del tribunal de Bayamón. Ese día llegó una Yanira más calmada y con un mejor semblante, aunque recuerdo que la mañana fue complicada en sala.

Antes de dictar sentencia, la jueza le dio la oportunidad de hablar. Yo contuve la respiración, aunque en el fondo sabía que no escucharía arrepentimiento ni una sola muestra de humanidad. No me equivoqué: se limitó a negar con frialdad y guardó silencio. Ni una palabra. Y ese silencio pesó más que cualquier confesión, porque en él se resumía toda su maldad.

Acto seguido, la jueza procedió a dictar la pena fija de 99 años de cárcel por el asesinato y tres años por la conspiración. Los tres años se cumplirían concurrentemente (es decir, al mismo tiempo que la pena mayor).

La defensa había anunciado el día del veredicto que apelaría la determinación. Además, se comentó que intentaban ubicar a una tercera persona que parecía haber estado presente y que Juan Laureano Pérez, conocido como MacGyver —quien le

126

disparó— ya estaba confinado por un caso de sustancias controladas y armas en el tribunal federal. Al final no se presentaron cargos en su contra, probablemente porque ya había recibido, cercano a esta sentencia, una sentencia de por vida por esos cargos. Actualmente, desconozco si éste continúa cumpliendo.

Recuerdo que al salir de la sala mi padre expresó a la prensa que, por fin, ya se había terminado ese proceso doloroso. Yo afirmé que Brenda descansaría en paz porque se había hecho justicia terrenal. Fue un instante solemne: entre lágrimas y palabras quebradas, también se abrió paso la certeza de que, aunque nada nos devolvería a Brenda, la verdad había prevalecido.

Epílogo: Se hizo justicia

Siempre juntas, en vida y en memoria, con una complicidad eterna.

Capítulo 12
Luz Después del Horror

Legado, Reparación y Camino Propio

Aunque nunca supe que la defensa había apelado, sí recibí una llamada tiempo después: me informaban que Manolo había fallecido en prisión, de muerte natural. Recuerdo mis propias palabras en ese instante: *"Yo sé que no te puedo decir que me alegro, pero tampoco te puedo decir que me da pena."*

No era alegría, tampoco tristeza. Era una mezcla extraña de alivio y compasión, de justicia cumplida y de vida perdida. Con esa noticia se cerraba un ciclo judicial, pero no se cerraba el huracán ni el horror que ya me habitaban.

A partir de ahí comenzó otro camino: el de reconstruirme. No fue fácil. Hubo días de fuerza y otros de vacío; mudanzas, pérdidas y silencios. Pero también hubo manos que me sostuvieron, una hija que me dio motivos y una fe renovada que me recordó que la divinidad vive dentro de mí. Este capítulo no es de dolor, sino de lo que nació después: del legado de Brenda, de lo que aprendí y de cómo elegí caminar en luz.

Rearmarte

Después del juicio sentí como si la energía de tensión, un bloque pesado, saliera de mi espalda. Comencé a sentirme un poco más aliviada. Volví a mi rutina en el gimnasio de madrugada y a cuidarme más, porque después del aborto había aumentado de peso casi sin darme cuenta.

Trabajaba incansablemente como la segunda a cargo, y en un momento dado llegué a ser Fiscal de Distrito Interina. Muchas personas me decían: **"Yo quiero dirigir una fiscalía con una segunda como tú."**

No era burla, era un reconocimiento: veían la pasión con que hacía mi trabajo y cómo lo corría todo. El trabajo se convirtió en mi pasión y también en mi terapia.

En mi rol iba menos a la sala, pero orientaba a otros, resolvía las situaciones en la fiscalía con todos los empleados, incluyendo mis compañeros, participaba en estrategias, apoyaba a compañeros con testigos o me unía a un caso para fortalecerlo, entre otras funciones que realicé. Además, me encargaba de todas las funciones administrativas y otras responsabilidades. Aprendí que la perfección no era mi norte, pero sí dar lo mejor de mí. Me di cuenta de la importancia de no limitarme a seguir reglas, sino de escuchar al otro lado, incluso cuando no estaba de acuerdo. Aprendí a darle la vuelta a las cosas y a formar equipo, en especial en una época donde casi todo quedaba a mi cargo.

Me sumergí en ese trabajo, en dinámicas y situaciones de otros, porque así entendía que debía ser un buen supervisor: alguien que resuelve, que apoya y que acompaña. Eso me ayudaba a pensar menos en mi dolor y me daba la satisfacción de servir.

El vacío y el divorcio

Durante ese tiempo busqué en otros lo que no encontraba en mí. Había un vacío que no veía claramente, y que comentaba con mi exesposo: ambos lo sentíamos. Finalmente, por muchas razones terminamos divorciándonos. Hoy, después de su muerte, comprendo que ese divorcio fue necesario para que los dos creciéramos por caminos distintos y encontráramos misión y propósito. Cuando él lo alcanzó, lamentablemente se enfermó de cáncer y murió, situación sumamente dolorosa para mi hija y para mí, como el padre de mi hija. Yo seguí aquí, evolucionando lo más posible y hasta donde Dios disponga.

Una fiscal distinta

Como fiscal me volví más empática. Ya no era solo una fiscal: era también una víctima, y eso lo cambió todo. Podía sentir los miedos de las víctimas, sus reproches hacia el sistema y hacia sí mismas. En nombre de Brenda decidí hacer lo mejor posible por ellas, y eso me impulsó a dar la milla extra como supervisora.

La muerte de mi hermana no quedaría en el olvido: me transformó en una mejor persona y profesional. A veces, como supervisora, acompañaba emocionalmente a víctimas que me preguntaban: *"¿Usted es la fiscal a la que le asesinaron a su hermana?"* Entonces les contaba algo de lo que había pasado, para crear confianza y mostrarles que yo conocía el proceso desde los ojos de alguien que también lo había sufrido.

Comencé a valorar mucho más el trabajo de los agentes, fueran amigos o simples conocidos. Ellos arriesgan su vida a diario y no son bien pagados. Comprendí que la vida es como un hilo que de repente se parte: hoy estamos aquí, mañana no sabemos.

Entre la fe y la depresión

Claro está, durante todo ese proceso desde la muerte de Brenda estuve deprimida, aunque no me daba cuenta. Mi terapia fue sumergirme en muchas cosas, y eso me funcionó en parte. Pero hoy reconozco que también es necesario buscar ayuda.

Regresé en algún momento a otra casa religiosa, donde conocí personas maravillosas. Pero al mudarme poco a poco fui perdiendo contacto. Con el tiempo, mi evolución me llevó a buscar paz y firmeza en otra dirección: con los ángeles y seres de luz que me sostienen, pero desde una manera distinta de ver la vida. Aprendí a vivir el presente, sin tantos planes ni expectativas.

Aprender a quererme

En lugar de buscar relaciones que no me sumaban ni me aportaban, entendí que la relación más importante era conmigo misma y que merezco todo lo bueno de la vida. Con el incidente perdí amor propio, y llegué a pensar que lo que me pasaba era porque no merecía algo distinto. Eso se reflejaba en mis relaciones de amistad y de amor.

También viví la tensión de la renovación de mi nombramiento como fiscal: un proceso lleno de lealtades y deslealtades. En ese momento me dolió mucho, pero hoy lo veo como una bendición que me empujó a llegar hasta donde estoy ahora.

Mudanzas y reinvención

En 2017 cerré mi etapa como fiscal y me mudé a Florida; luego, en 2019, a Texas. Cada mudanza fue una despedida, pero también una oportunidad de reinventarme. En la Florida la vida fue dura económicamente, pero comencé a hacer trabajo voluntario, trabajé en organizaciones sin fines de lucro, en diversas tareas y eso me devolvió esperanza. Me convertí en una persona reconocida por aportar a la comunidad.

En Texas incluso me certifiqué como maestra de middle school, y allí aprendí algo que necesitaba: poner límites. También, recibí reconocimientos en los dos años que enseñé Espanol AP, ya que lo realizaba con pasión y como parte de mi misión y propósito de vida. Solté la necesidad de querer controlarlo todo y dejé de buscar afuera lo que ya vivía en mí.

Hoy me paro en la luz, con verdad y claridad. Sigo amando a Dios, pero desde una conexión distinta, más fuerte, porque entendí que no está allá arriba para castigar. Sé que no debo sentirme mal por pedir ni aceptar ayuda. El amor de otros, de mi hermana mayor y sobre todo el de mi hija, fue lo que me sostuvo en estos años. Ese amor puro, sin condiciones, lleno de paz y luz, me levantó cada día desde que Brenda falleció.

Tribu, propósito y gratitud

Mi hija es hoy mi norte, mi amiga y mi maestra. Dios vive dentro de mí y de cada uno de nosotros; por eso todos somos uno. Vivo en agradecimiento continuo porque ya no me siento sola. Encontré también mi tribu, personas luminosas que me acompañan con su luz.

Desde lo más profundo de mi alma, y con amor, afirmo lo que he aprendido:

- Que el dolor ha sido mi gran maestro y sanar una gran victoria.
- Que la sanación es constante, un proceso.
- Que se vive de adentro hacia afuera y que el amor es siempre la respuesta.
- Que mi energía debo enfocarla en mi propósito y misión de vida.
- Que mi cuerpo es mi templo y debo honrarlo.
- Que no puedo controlar lo que otros piensen o hagan, pero sí cómo reacciono.
- Que establecer límites es un acto de amor propio.
- Que dejar ir y perdonar me beneficia a mí primero.
- Que amar empieza conmigo misma antes que con alguien más.
- Que el amor es siempre la repuesta, en vez del miedo.
- Que tenemos que vivir en autenticidad.

Vocación y servicio

Después de mi tiempo como maestra, retomé mi camino como abogada. Primero en una firma y luego por mi cuenta. Me enfoqué en trabajo voluntario en centros de envejecientes, como mentora de estudiantes de *high school* y en educación comunitaria sobre inmigración. Allí sigo, reinventándome, convencida de que el servicio también es sanación.

Aprendizajes y transformación

En aquel juicio me probé a mí misma. La templanza que mantuve, la resiliencia con la que no me vencí y la manera en que me controlé y seguí adelante son cosas que sé que muchas personas no hubieran podido resistir. Pero yo descubrí que se puede, porque el amor es energía pura que impulsa.

Y por eso también aprendí lo importante que es el amor propio: sin él, no hay fuerza para sostenerse.

Después de esa experiencia me volví más empática con los testigos, aprendí a juzgar menos y a mantener el balance. También, sigo trabajando en no tomarme las cosas de manera personal, aprendí que es importante recibir ayuda psicológica, algo que yo no hice, cuando es necesario y en valorar el apoyo de otros, porque encerrarse en uno mismo solo trae más dolor. Además, aprendí que las cosas se hablan, porque el silencio da margen a interpretaciones erróneas, como me pasó con Brenda, y fue precisamente de ese silencio de lo que él se aprovechó.

Di el salto a Estados Unidos, entre otras razones, porque soñé con Brenda, y en ese sueño me dijo que no podía quedarme paralizada después del huracán María en Puerto Rico y que buscara la manera de moverme hasta allá.

Como siempre digo: quien no aprende su historia está destinado a repetirla.

134

Así lo hice, aunque fue un gran reto porque, desde que llegué a la Florida, me mudé ocho veces, hasta ahora, que por fin estoy estable en un hogar. Ahora veo cómo todo fluyó, con sus particularidades y retos, para enseñarme lo que tenía que aprender y poder pararme con firmeza.

En Orlando, a pesar de que un inmigrante fue quien asesinó a Brenda, comencé a practicar el Derecho en esa área y hoy, en Texas, continúo defendiendo a los inmigrantes. Combino el Derecho con la Educación para proteger y ayudar, **y no esparzo una política de rabia o coraje hacia los inmigrantes por haberme encontrado con uno como Manolo.** Elegí lo contrario: defender a los inmigrantes en Texas, unir Derecho y Educación y hacerlo con un enfoque humano. **El dolor no se transformó en odio, sino en propósito.**

En Florida trabaja en una clínica de servicios legales para personas de bajos recursos, también ayudaba a víctimas de violencia doméstica y hasta trabajé en el Orange County con una organización sin fines de lucro, para apoyarlas. Hice muchas cosas para sanar a través de ese propósito. Traducía y apoyaba a quienes necesitaban el inglés, entre muchos otros servicios. Cada paso, cada mudanza, cada reinvención fue también una manera de honrarla y de no quedarme atrapada en el dolor.

Con todo lo que viví, y precisamente porque yo no recibí ayuda psicológica en aquel momento, aprendí la importancia de buscarla. Entendí que quien necesite terapia, consejería o acompañamiento profesional debe hacerlo sin miedo ni vergüenza, porque el proceso se vuelve menos doloroso y la sanación llega con más rapidez y claridad.

Todo ese proceso de reconstrucción me enseñó a ponerme de pie, pero si algo realmente me sostuvo en cada caída y en cada mudanza, fue mi hija. Ella se convirtió en mi faro, en la razón por la que cada mañana encontraba fuerzas para seguir.

La maternidad como faro

Amor, guía y propósito en mi reconstrucción

En medio del huracán de dolor y de cambios que viví, hubo una luz que nunca se apagó: mi hija. Ella fue la razón por la que me levanté cada mañana, aun en los días en que lo único que quería era quedarme en silencio y sin fuerzas. Su mirada me recordaba que la vida seguía, que aún había alguien que dependía de mí y que necesitaba ver en mí no solo a una madre, sino a una mujer capaz de volver a empezar. Ser madre se convirtió en mi faro: me mostró el rumbo cuando todo parecía perdido y me dio un propósito cuando el vacío amenazaba con consumirlo todo.

Mi hija es una de mis mayores bendiciones. Desde su nacimiento, mi vida en la fiscalía se dividió en dos etapas: la fiscal antes de ella y la fiscal después de ella. Después de convertirme en madre, fui más cautelosa porque tenía a alguien que dependía de mí y a quien debía cuidar.

Aunque físicamente se parece mucho a su papá, también tiene rasgos muy similares a su tía Brendalí. Durante sus primeros años, esa semejanza era tan fuerte que me confundía y muchas veces la llamaba **"Brenda"**. Con el tiempo lo fui manejando mejor, pero al escribir este libro vuelvo a confundirme. Hoy, ya más grande, a veces me dice con una sonrisa: **"Me llamaste Brenda",** y ese gesto me conmueve profundamente.

En medio de su plan de manipulación, Manolo me había dicho que mi hija sería mi norte, y así mismo fue. Durante el juicio, el divorcio, la difícil estadía en Florida y muchas otras situaciones dolorosas, su sonrisa, ternura y pureza se convirtieron en mi motor. Con un solo abrazo recargaba mi energía. Ya de grande, cuando le tomo la mano y me río diciéndole: **"Sé que piensas 'I'm too old for this', pero eres mi tesoro y siempre te voy a cuidar hasta después de la muerte",** ella sonríe con complicidad. Desde ya le hablo de cuando yo no esté, para que entienda muchas cosas.

Hubo un día en que me encontraba profundamente triste, y ella se acercó, me dio un beso en la frente y con ese gesto me devolvió el espíritu. Hoy en día reconozco en ella gestos de su padre, pero también la energía de su tía. Su presencia y el amor que comencé a sentir por mí misma me ayudaron a mantener una rutina y hábitos saludables. Al observarme, ella los adoptó y ahora los sigue.

Un día, pensando en ella, decidí adoptar un gato para que le hiciera compañía. Yo nunca había querido mascotas, pero con él descubrí algo inesperado: una conexión muy profunda que me eleva la energía y me hace sentir un amor inmenso.

Le hablo con frecuencia y constantemente le digo lo afortunada y bendecida que me siento de que nos haya escogido y de que sea parte de nuestra familia. Hoy agradezco su compañía, porque no solo se convirtió en amigo fiel de mi hija, sino también en parte de mi propio proceso de sanación.

Entre sus muchas virtudes, puedo mencionar que toca dos instrumentos, es section leader en la banda y mantiene un promedio excelente, siempre dispuesta a tender la mano a sus compañeros cuando lo necesitan. Son cualidades que ha cultivado con esfuerzo propio, pero que también reflejan lo que aprendió de mí, de mi ejemplo y de los valores que procuro vivir cada día. El amor a Brenda me impulsó a mejorar, y ese legado también lo recibe mi hija.

Me siento orgullosa de verla crecer con esos valores. Con el tiempo se convirtió en mi compañera: viajamos juntas, hacemos ejercicios, disfrutamos de caminatas y aventuras. Nos llamamos el *"Dream Team"* **y vivimos con la convicción de que en la unión está la fuerza, que dos cerebros piensan más que uno, y que no hay nada que no podamos lograr.**

En los momentos de agotamiento o desesperanza, su carita — tan parecida a la de su tía cuando era niña— me recordaba que no podía rendirme. Tenemos nuestras frases y complicidades, como cuando decimos: **"Eso es lo que hay, caballero"**, y terminamos riéndonos juntas.

He cultivado con ella una relación espectacular, basada en la confianza y el respeto mutuo. Cuando alguna de las dos se equivoca, aprendemos a disculparnos. Recuerdo que, cuando era pequeña, me arrodillaba frente a ella para pedirle perdón; no quería que creciera con la misma tristeza que yo viví en mi crianza, ni que buscara protección en otros lugares como lo hizo Brenda.

Por eso trabajo en fortalecer su autoestima y en crearle un ambiente seguro, lleno de amor. Mi hija es todo amor: ayuda a quien puede y tiene una bondad natural. Le enseño que nunca debe callar como Brenda, porque el silencio puede ser muy peligroso. Le he ido explicando lo sucedido, y en ocasiones me acaricia la cabeza y me dice: "Yo sé que la extrañas mucho".

Le insisto en que nunca debe ceder su poder, porque al hacerlo se pierde la identidad y se corre el riesgo de sufrir como le ocurrió a su tía. Le enseño a no reaccionar impulsivamente, sino a contestar con calma, a actuar con propósito y a vivir con sentido.

Desde que me fui de Puerto Rico tuve la custodia completa de mi hija, prácticamente la mayoría del tiempo en todos esos años, hasta que su papá falleció. Eso me convirtió en padre y madre a la vez. No siempre fue fácil, pero esa doble responsabilidad me hizo más fuerte y me enseñó a estar presente en cada detalle de su vida.

Por otro lado, tengo que decir que **mi hija también ha sido mi maestra. Los hijos nos muestran con claridad aquello que tenemos que mejorar, y ella me ha confrontado, sin proponérselo, con mis propias sombras.** Su madurez sorprende: en más de una ocasión ha sido ella quien me ha devuelto a mi centro cuando estuve a punto de perderlo o de perderme en él. Con su mirada, con una palabra sencilla o con un gesto lleno de amor, me recordó quién soy y lo que valgo.

Soy muy feliz y me enorgullece cada vez que alguien me dice que le encanta la relación que tenemos y el amor que se percibe entre nosotras. Lo curioso es que, en parte, la tragedia de perder a Brenda me ayudó a ser mejor persona y, sobre todo, una mejor madre.

Espiritualidad sin cadenas, luz sin miedo

Después de todo lo vivido, mi fe tuvo que transformarse. No podía seguir creyendo como antes, porque la traición vino de alguien que se presentaba como guía espiritual. Cuando finalmente entendí lo que había hecho y cómo la fe, en especial la de Brenda, la llevó a entregar tanto de sí, sentí que todo se quebró. Me alejé de todo: aunque tenía algunos objetos en casa, decidí no acercarme a nada, no querer saber de prácticas ni rituales. Rezaba, pero ya no era lo mismo. Me sostuve con Dios, aunque lo sentía lejos, en la intuición, que siempre ha estado muy presente en mí, en mi cuadro espiritual y en la convicción de seguir haciendo el bien, buscando la paz y la luz. Pero ya no quise nada que me recordara a la santería, palería o a lo que me había causado tanto dolor.

Ese alejamiento trajo un silencio pesado. Me preguntaba cómo había sido posible que le pasara eso a Brenda, cómo nadie me había advertido o cómo yo no me di cuenta. Me sentía culpable de alguna manera por lo que le había pasado a mi hermanita menor. Cuestionaba qué había pasado con el amor, cómo ella no pudo verlo o cómo cedió tanto. Y en ese mar de preguntas sin respuesta, me sentía triste, sola, burlada y abandonada en aquello en lo que tanto había creído.

Con el tiempo, nuevas certezas comenzaron a nacer en mí. Descubrí que la divinidad habita dentro de mí, que es la energía de Dios, el amor que vive en mi ser. Aprendí a vivir de adentro hacia afuera: si deseo un cambio, empiezo por mí. Comprendí que todas las respuestas están en mi interior y que mi ser superior me guía a través de la intuición. Por eso hoy cuido lo que pienso, lo que digo y lo que hago, porque sé que todo tiene un efecto en el universo, en los demás y en la tierra misma.

Desde niña veía y sentía cosas que se acentuaron cuando practicaba la santería, pero después de la traición me cerré poco a poco a esa parte espiritual. Fue mucho más adelante, tras vivir diversas experiencias y relaciones, que comencé a amarme de verdad. Antes creía que lo hacía, pero no era así. El cambio vino cuando trabajé en mí misma, cuando aprendí a conectar con la naturaleza, a practicar la gratitud incluso en los detalles más simples, como sentarse y agradecer el privilegio de ver con la emoción de un niño y desde los ojos de un niño.

Ese año en el que me dediqué tanto al voluntariado fue clave: me enseñó que parte de mi propósito es servir, proteger y ayudar. Mis sueños comenzaron a ser más vivos y claros; en ellos recibía información. Volví a sentir la luz y la protección de los ángeles. También comencé a ver secuencias numéricas, como el 333 o el 12:12, especialmente después de comenzar a vivir en Texas sola con mi hija. Pedía señales, y llegaban. Poco a poco entendí que vivía más alineada en pensamiento y acción, enfocada en mi misión de vida, aprendiendo a proteger mi energía y a no desperdiciarla en lo que no valía la pena.

Las señales también vinieron de la naturaleza. Las mariposas llegaron muchas veces a mí, igual que los animales y, de forma muy especial, los niños. Siempre ha habido niños que me abrazan pensando que soy su mamá. Incluso en la escuela, una estudiante que no era mía llegó a decir que le hubiera gustado que yo fuera su madre, sin conocerme casi. Durante la escritura de este libro también he sentido a los ángeles como si vinieran a brindarme paz.

En ese camino tomé un curso para aprender a conectar y canalizar con los ángeles y confirmé algo esencial: confiar antes de ver. Aprendí a cerrar puertas para que otras se abran, y lo más importante, que el tiempo de Dios es perfecto. No importa por dónde haya andado, siempre he procurado vivir en justicia y verdad, ayudando al prójimo desde mis aciertos y mis errores, manteniéndome en la luz.

Aprendí que perdonar todo lo vivido y doloroso es indispensable: **si no sanamos, continuamos heridos, y los heridos hieren a otros.**

Hoy me siento libre y feliz. Dejé atrás los miedos que antes me ataban y entendí que no necesito intermediarios para conectar con lo sagrado. Creo en mis ancestros y en el cuadro espiritual que me acompaña. Honrarlos es reconocer que no camino sola, que hay generaciones detrás de mí que me sostienen y me guían. También entendí que cargamos dolores que no nos pertenecen: heridas heredadas que viajan en el linaje, y que al sanarlas liberamos a quienes vienen después.

Por encima de todo, creo en el amor como la fuerza más grande de Dios, ese amor que nos une a todos y que trasciende fronteras y religiones. Es el amor el que me recuerda que todo puede transformarse y que, aun en medio del horror, siempre hay un lazo divino que nos sostiene.

Quiero dejar claro que no critico ninguna religión. Cada persona encuentra su camino de fe de manera distinta, y respeto profundamente eso. Yo misma, en medio de mis búsquedas, volví en varias ocasiones a la iglesia católica en la que crecí, tratando de encontrar allí consuelo. Sin embargo, comprendí que ese espacio ya no era el que llenaba mi corazón. Lo que me sostuvo fue un proceso más personal: aprender a escuchar mi interior, a leer las señales de la vida y a confiar en la conexión directa con lo divino. No me gusta imponer mi criterio, pero tampoco permito que me lo impongan; la fe es un acto íntimo y libre, y solo así tiene verdadero sentido.

Después de la muerte de Brenda, en el 2014, regresé también a algo que había dejado hacía tiempo: bailar bomba. Escuchar los tambores y dejar que mi cuerpo hablara a través del baile se convirtió en una terapia. Me fascinaba porque no solo me liberaba, sino que también me regalaba momentos de alegría compartidos primero con mi exesposo y luego con amigas. En ese camino conocí mujeres valerosas y espectaculares que todavía son parte de mi vida y a quienes quiero profundamente. La bomba me devolvió un pedazo de mi identidad y me recordó que también podía sanar a través del arte y la comunidad, como hago en el presente.

Hoy, además, medito para conectar con mi interior y llegar a ese lugar feliz que me devuelve la paz. Cuando puedo, camino descalza sobre la tierra en las mañanas, como una forma de anclarme, de sentirme presente y de agradecer la vida. Son gestos sencillos, pero para mí tienen un poder inmenso: me recuerdan que el espíritu también se alimenta con silencio, con movimiento y con contacto directo con la naturaleza.

El legado de Brendalí

Con la muerte de Brenda, como ya he dicho, me vi obligada a crecer como persona, aunque fue un proceso sumamente doloroso. Así como yo la apoyaba y la complementaba en muchos aspectos de su vida, ella también lo hacía conmigo. Aprender a vivir sin su sostén, sin su cariño, sin esa persona que me celebraba todo y me recordaba que yo podía y que lo merecía, fue una de las pérdidas más duras que he enfrentado. Su ausencia me obligó a forjar nuevas fuerzas, a encontrar dentro de mí el aliento que antes ella me regalaba con su risa y su entusiasmo. Hoy, todo lo que hago busco que sean cosas que la honren, que ella pueda sentirse orgullosa de mí. Estoy convencida de que nos acompaña, que me ve y que disfruta cada logro. Cuando acompaño a una mujer que ha sido manipulada o violentada, pienso en Brenda y me inspiro aún más en ella. En cada paso que doy, me siento alineada con Dios y con el plano divino.

De ella me quedó una brújula de valores claros. Con tan solo 38 años ya tenía un negocio propio, sólido y reconocido. Era trabajadora incansable, fajona y exitosa. Cuando siento que las fuerzas me abandonan, recuerdo cuánto Brenda amaba la vida y con qué intensidad la vivía. Pienso en lo injusto que fue que le arrebataran esa vida, y entonces se me quita el desgano. Ella me inspira a seguir adelante y a querer ser mejor persona aun después de su muerte. También me marcó su capacidad de dar: lo desprendida que era con los demás, su generosidad sin reservas, su manera de compartir. Eso lo admiro y trato de vivirlo día a día, transmitiéndolo en mi trabajo y en mi relación con quienes me rodean. Ese amor de hermana no terminó con su partida: solo trascendió a otra dimensión.

De alguna manera, sin proponérmelo, he seguido sus pasos. Ella educaba y dejaba huellas positivas en quienes la rodeaban; yo, en mi práctica legal y en mi vida diaria, también busco educar, inspirar y sembrar algo bueno en cada cliente y en cada persona que cruza mi camino. Vivo con intensidad, como ella lo hacía, y con un eterno agradecimiento por la vida que me toca vivir.

Mientras escribo estas páginas de su legado, tengo a mi lado una foto de ella, con esa sonrisa espectacular que siempre la caracterizó. A veces me parece que me está mirando y sonriendo, como si celebrara conmigo cada palabra. Ella solía decir que quería ser reconocida por impactar positivamente la vida de los demás, y acá estoy yo, inmortalizándola en este libro. Este es mi regalo para alguien a quien tanto amé y que tanto amor me brindó: mi partner in crime, la querendona de la casa, la bebé.

Su memoria también se refleja en mi práctica profesional y en mi servicio. En mi rol como abogada, cuando defiendo a inmigrantes, cuando educo o cuando acompaño a víctimas de violencia, lo hago pensando en ella. Sé que Brenda estaría de acuerdo en que mi misión es transformar el dolor en ayuda para otros. Cada mujer a la que inspiro a levantarse, cada inmigrante al que acompaño en su proceso, es también un acto de honra a su memoria.

En mi familia, Brenda sigue viva. Hablo de ella con Sofía, le cuento historias, anécdotas, y le transmito las enseñanzas que recibí de mi hermana. Quiero que mi hija crezca con la certeza de que tuvo una tía amorosa, luchadora y generosa, y que ese legado también le toca a ella.

No necesito grandes rituales para sentirla presente, aunque cada aniversario y cada fecha especial la tengo más cerca. A veces una canción, un lugar o un simple recuerdo la traen de vuelta a mí con fuerza. Y siempre hay momentos cotidianos en los que la siento: cuando río con Sofía, cuando logro un nuevo paso profesional, cuando alguien me agradece por haberlos acompañado en un momento difícil o hasta me comunican que ella estaría orgullosa de mi.

El legado de Brenda se transformó en esperanza. Su vida y su muerte se convirtieron en semilla: semilla de transformación para mí, que me ha hecho crecer como mujer, como madre, como abogada y como ser humano; y semilla para quienes lean mi historia, porque quiero que entiendan que el amor verdadero no muere, solo se transforma en guía, en fuerza, en faro. **Brendalí vive en mí, en lo que hago, en lo que enseño y en lo que comparto.** Y su luz seguirá brillando más allá del horror, porque ese es el verdadero legado: convertir el dolor en propósito y la ausencia en inspiración.

Señales de luz

Con el paso del tiempo aprendí a reconocer que Brenda sigue aquí, acompañándome de maneras sutiles y profundas. A veces aparece en forma de una mariposa naranja que vuela frente a mí en el momento exacto en que necesito valor. Otras veces se manifiesta en la misteriosa precisión del reloj marcando el 12:12, como un recordatorio de que hay un orden divino que sostiene mis pasos.

Esas señales me devuelven la certeza de que no camino sola. Me recuerdan que la vida y el amor no terminan con la muerte, sino que se transforman en presencias distintas, invisibles pero palpables, que me elevan y me guían.

Hoy puedo decir que mi hermana sigue viva en cada palabra que escribo, en cada víctima que acompaño, en cada estudiante que inspiro, en cada gesto de amor hacia Sofía y hacia quienes cruzan mi camino.

Brenda no es solo memoria: es semilla, es impulso, es legado.

Honrar a Brenda es vivir de pie.
Es transformar el dolor en propósito.
Es recordarla en cada acto de amor,
y saber que su luz me acompaña,
como un amanecer que nunca muere.

Brenda y Sofía, unidas en un instante de ternura eterna.

Epílogo

Este libro no termina aquí, porque el dolor nunca desaparece del todo… y el amor tampoco. Ambos caminan conmigo.

He aprendido que no se trata de olvidar, sino de transformar. Que el horror no define quiénes somos, sino cómo decidimos levantarnos después de él.

Escribí estas páginas para honrar a mi hermana, a mi hija, a mi bebé que no nació y a quienes han sentido que la vida les arrancó demasiado. Hoy puedo decir que, aun con las cicatrices, sigo de pie, y que vivir con propósito es el acto más poderoso de resistencia.

El camino de la luz no es fácil, pero existe: comienza en la oscuridad, se abre paso entre la sombra del dolor y nos recuerda que siempre hay una salida. Esa luz es amor, y es Dios, mostrándonos que incluso en medio del horror puede nacer una nueva vida.

Si llegaste hasta aquí, gracias por caminar conmigo. Que mi verdad ilumine la tuya y te recuerde que, no importa cuán oscuro sea el abismo, siempre hay una llama que puede volver a encenderse.

HUELLAS EN LA PRENSA

Primera mujer designada SRA en Puerto Rico

✱ Brendalí Sierra, SRA.

Brendalí Sierra, propietaria de la empresa Brendalí Sierra y Asociados, recientemente se convirtió en la primera mujer en ser reconocida con la designación SRA (Senior Residential Appraiser) para tasadores en el campo de valorización y análisis de bienes raíces residenciales. Los tasadores designados SRA tienen conocimientos avanzados y experiencia extensiva en la valorización de residencias familiares, "townhouses", "walk-ups" y propiedades de ingreso residencial hasta cuatro unidades de vivienda.

Para lograr este importante reconocimiento es necesario que el tasador complete un currículo de educación a nivel posgraduado que incluye la preparación de reportes de tasación escritos y la compleción de 2,000 horas de experiencia sobre las ya requeridas localmente en la certificación estatal. Además, el tasador debe regirse por los Estándares Uniformes de la Práctica Profesional de un Tasador (USPAP, por sus siglas en inglés) y por el Código de Ética y los estándares de la práctica profesional del Appraisal Institute. Normalmente toma a un tasador un promedio de cinco a siete años el lograr completar los requisitos de educación y de experiencia necesarios para la designación de SRA. En Puerto Rico sólo once tasadores han obtenido esta designación.

Los logros de Brendalí Sierra ya han sido reconocidos en la industria local e internacional ya que forma parte de la junta directiva del Capítulo de Puerto Rico y el Caribe del Appraisal Institute. En el ámbito nacional pertenece al comité de Membership Diversity. Además, a partir de diciembre, Brendalí Sierra formará parte del grupo de profesionales que ofrecen cursos en la Asociación de Realtors de PR para el San Juan Board. Por tres años consecutivos Brendalí ha sido seleccionada para participar en el Leadership Advisory Council en la ciudad de Washington, D.C. Brendalí cuenta con la certificación general que le permite realizar todo tipo de trabajo de valorización. Su oficina está ubicada en la Avenida Ponce de León #1510 en Santurce y su número de teléfono es el 787-723-4071.

Mujer de hoy

Brendalí Sierra, SRA

- Primera Mujer designada SRA 2001
- Primera Presidenta Mujer del PR & Caribbean Chapter del Appraisal Institute 2004
- Tasadora del Año por La Asociación de Corredores de Bienes Raíces de PR 2004
- Joven Destacada reconocida por la M-LOAN 2005
- "Distinguished Woman" San Juan Star 2007
- "Forty Under Forty" Caribbean Business 2007

El equipo de Brendalí Sierra & Assoc. se enorgullece de los logros y reconocimiento. Felicidades.

BRENDALÍ SIERRA

Brendalí Sierra Farías, propietaria of Brendalí Sierra & Associates Appraisers and Consultants, LLC, was the first woman in Puerto Rico to receive the title of Senior Residential Appraisal by the Appraisal Institute Amegaincated in Chicago. Shortly she embarked on the task of evaluating the Members of the Appraisal Institute with the expectation the professor on an array of experiences and results to improve and enhance the profession.

The has driven Sierra Farías Farías get either her achievement of the U.S.S.A. and the Presentations Republic

Has honor principia for continuance on to carry the rest of the Luz, American Motige

CARIBBEAN BUSINESS
WOMEN WHO RULE
2007

Año de retos y logros para el Appraisal Institute

Por: Brendalí Sierra, SRA
Presidenta Capítulo de Puerto Rico y el Caribe

CULMINADO el 2004, y el año como presidenta del Capítulo de Puerto Rico y el Caribe del Appraisal Institute, nos invade una satisfacción, ya que cumplimos con nuestras expectativas al presidir este Capítulo del Appraisal Institute.

Haber aceptado ser presidenta de esta organización, representó uno de los retos más grandes. Pero ser la primera mujer que ocupaba esa posición confirmó que el excelente equipo que forma esta clase profesional, está disponible para escuchar y aceptar nuevas ideas, establecer nuevos usos de comunicación y buscar nuevas estrategias que permitan continuar el desarrollo de nuestra profesión.

Gracias a esto, alcanzamos los logros que nos trazamos. Entre éstos, tenemos que destacar el poder cumplir con el programa educativo que diseñamos para nuestros socios. Al creer en la importancia de brindar un servicio de excelencia, apoyamos los esfuerzos conducentes a otras designaciones como la MAI y SRA. Además, tuvimos la oportunidad de representar al Appraisal Institute en foros internacionales.

Durante este año, tuvimos el privilegio de ser anfitriones de la Reunión Regional del Appraisal Institute, en la que participan tres regiones y sus delegados, quienes visitaron a Puerto Rico, lo que resultó ser un valioso intercambio profesional.

Otro aspecto importante ha sido el esfuerzo en conjunto que realizamos junto a Mortgage Bankers Association (MBA), al reunirnos con personal de Fannie Mae para dialogar sobre los cambios en las formas de tasaciones residenciales.

Una de nuestras metas iniciales fue dejar huellas en alguna institución meritoria, y una de las escogidas fue la Federación de Alzheimer de Puerto Rico, a quienes les otorgamos las ganancias de nuestro Primer Torneo de Golf, en Palmas del Mar. El 2004 fue un año intenso y lleno de satisfacciones. Atesoraremos cada una de esas experiencias y agradecemos el apoyo de todos los socios.

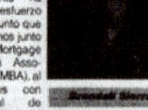

Brendalí Sierra

Brenda no solo dejó huellas en nuestra vida, sino también en la historia profesional de Puerto Rico

Sobre la autora

Yanira (Yachi) Sierra es abogada bilingüe con más de veinte años de experiencia en el ámbito legal, tanto en el servicio público como en la práctica privada. Comenzó su carrera como fiscal en Puerto Rico, donde ejerció en casos complejos y de alto impacto social. Más adelante, expandió su labor a Texas y Florida, enfocándose en la defensa de inmigrantes y en la educación comunitaria.

Además de su práctica legal, ha sido educadora, conferencista y autora, compartiendo generosamente su conocimiento con estudiantes, colegas y comunidades vulnerables. Como conductora de radio y oradora pública, ha convertido su voz en un canal de orientación e inspiración, uniendo su experiencia profesional con un mensaje de fe, resiliencia y propósito transformador.

Madre y mujer comprometida con la transformación personal y colectiva, Yanira también se reconoce como defensora de sobrevivientes y líder comunitaria. Inspira con su voz auténtica y su pasión genuina por acompañar a otros en la búsqueda de justicia, esperanza y una vida vivida con verdadero sentido.

Conéctate conmigo

Gracias por caminar conmigo en estas páginas.
Que mi historia ilumine la tuya y te recuerde que siempre hay luz, incluso en la oscuridad.

Sigamos conectados: me encantará seguir este camino contigo.
📧 Correo: yanirasierraramos@gmail.com

🌐 Escanea el código y accede a mis redes, próximos proyectos y recursos:

CODIGO DE LINKTREE:

www.ingramcontent.com/pod-product-compliance
Lightning Source LLC
Chambersburg PA
CBHW050409030726
47503CB00006B/2101